見抜く力

Kang
Sang-jung
姜尚中

毎日新聞出版

JN148676

はじめに　「見抜く力」とは何か

他愛もない日常と世界の出来事はつながっている

人生を見抜き、時代を見抜く。これが、本書の狙いです。

では人生を、時代を「見抜く力」とは何なのでしょうか。それはどうしたら自分のものにすることができるのでしょうか。本書は、私が人生をどう見抜き、時代をどう見抜いているのか、その具体的な実例を通じて、そうした問いに答えようとする「見抜く力」のガイドブックです。

それでは「見抜く力」とは何でしょうか。それを考える前に、まずは世間で当たり前になっている常識を覆《くつがえ》しておく必要があります。それは、身辺雑記や私生活にかかわるような「極私的」な出来事と、国家や世界の平和や安全にかかわるような大事件とは、直接に結びつかず、切り離して考えなければならないという思い込みです。

確かに前者は、他愛もない日常の小さな事実にかかわり、後者はそうした世界のはるか彼方《かなた》にある大きな事実に関係しているように見えます。要するに人生を見抜き、時代を見抜くと言っても、一人ひとりの人生と、その集積よりも大きそうな時代とは、切り離されて別々の世界のように見られているのです。

試しに新聞の紙面を見れば、わかります。政治・経済面には、例えば、米大統領選の予想や、それがアジアや日本に及ぼす影響、さらに世界経済の巨視的な見通しなどが躍っているかと思えば、痴情沙汰の傷害事件や中学生のイジメによる自殺など、現代の世相を反映する暗い事件が社会面を覆っていることがあります。さらに、暮らし欄に目を移すと、上手な家計簿のつけ方や離婚の相談ごと、果てはかしこい猫の飼い方など、ごく日常的な生活のノウハウやアドバイスなどで埋め尽くされています。

新聞一つとっても、日々の瑣末《さまつ》に見える小さな出来事と、時代を大きく揺るがすような大事件とはてんでバラバラに読者の前に置かれ、まるで違った世界が一軒の家に喧嘩をしながら同居しているようなものです。半径数メートルの世界にしか実感を持てない人たちにとって、その外で起きている出来事はまったく他人事にしか思えないはずです。

逆にそんな日常の喜怒哀楽の世界を白い目で見つつ、何事につけて世界を仰々しいイデオロギー的な図式で説明しがちな人たちにとっては、時の政府の振る舞いや世界経済の動向などが最も重要な関心事に違いありません。

でも、よくよく考えてみれば、そうした小さな事実の世界と、大きな事実の世界とは、実際には同時並行的に起きているのです。とすれば、それらを別々の世界として切り離すほうがむしろ不自然なはずです。

独特の死生観が漂う漱石の「見抜く力」

私の言う「見抜く力」とは、そうした二つの世界を串刺しにするように、人生と時代を見抜く洞察力を指しているのです。その見事な力を持つ代表を挙げるとすれば、文豪・夏目漱石ではないでしょうか。ここでは漱石の作品を一つの例に「見抜く力」とはどんなことなのかを考えてみましょう。

特に、小事と大事とを「見抜く力」として注目したいのは、漱石が亡くなる年の前年（1915年／大正4年）の初め、朝日新聞に連載することになる「硝子《がらす》戸の中」です。

よく知られているように、漱石は、何度も死線を彷徨《さまよ》うような病気に苦しめられ、またメンタルな面では神経衰弱を患っていたと言われています。年があらたまって「硝子戸の中」を新聞に連載することになるのですが、その前年の1914年（大正3年）の9月には、漱石は、名作『こころ』を脱稿後、胃潰瘍の再発に悩まされ、1カ月以上も臥《ふ》せっていたのです。

病癒えず、しかも風邪もこじらせて漱石は心身とも気だるい状態に陥っていたはずです。でも、どこか心はしっとりと落ち着いていて、漱石の言葉を使えば、「小さい私と広い世の中とを隔離している此硝子戸の中」で、「極めて単調でさうして又極めて狭い」「眼界」を見つめながら、思い浮かぶ事柄を意識の流れのままに綴っているのです（※注　引用元のルビは著者が適宜省略した〈以下同〉）。

そんな心境に近いものは私にも覚えがあります。風邪をこじらせ、咳や痰が止まらず、真夜中に何度も目覚め、夢うつつで数週間ほど臥せっていた時のことです。そんな中で、やっと快癒のきっかけのようなものがつかめると、部屋の中から外を見ていても、普段、目の届かないものが気になったりするものです。時には窓の隙間から頬を微《かす》かになでるように訪れるそよ風に命の息吹を感じたり、霜に濡れて朝日にきらめくベランダの鉄格子すらもいつもとは違って見えたりするものです。

ただ、漱石の「見抜く力」は、そんな身辺の些事《さじ》を描きつつ、同時に時代を揺るがす大文字の歴史的な大事件の実相をも見抜いているのです。しかも、そこには一種のユーモアすら感じられます。

「私は丁度独乙（ドイツ）が聯合軍と戦争をしてゐるやうに、病気と戦争をしてゐるのです。今斯うやつて貴方と対坐して居られるのは、天下が太平になつたからではないので、塹壕の中（うち）に這入つて、病気と睨めつくらをしてゐるからです。私の身体（からだ）は乱世です。何時どんな変が起らないとも限りません」（「硝子戸の中」『漱石全集』岩波書店、第12巻）

見事な、人生と時代を見抜く洞察力ではないでしょうか。「継続中」の病の中で「何（ど）うか斯（か）うか生きてゐる」のであれば、多くの場合、意識のすべてが自分の境遇だけに集中して、硝子戸の外に広がる世界など眼中にないに違いありません。ところが、漱石は、自分の身体を「乱世」そのものと呼び、これまた「継続中」の第一次世界大戦での戦場と同じく、極東の、日本の、東京の、早稲田南町の、そして「漱石山房」の、「硝子戸の中」で、「塹壕戦」を日々戦っているというわけです。明らかに漱石という一人の身に起きていることと、第一次世界大戦という未曾有の歴史的な出来事とはシンクロしています。

果たして、冷戦終結から世界を揺るがし続けた湾岸戦争、イラク戦争、アフガン戦争、そして世界のここかしこで頻発する陰惨なテロ事件を、我が身の私的な境遇とシンクロさせて描き出せた作家やジャーナリスト、ルポライターがどれだけいたでしょうか。漱石は、こうも言います。「私は私の病気が継続であるといふ事に気が付いた時、欧州の戦争も恐らく何時（いつ）の世からかの継続だらうと考へた」と。

そして、漱石は、「硝子戸の中」のつかの間の安穏と、塹壕戦の阿鼻叫喚の違いにもかかわらず、人間というものを貫いている「因果」に言及しています。「所詮我々は自分で夢の間に製造した爆裂弾を、思ひ〳〵に抱きながら、一人残らず、死といふ遠い所へ、談笑しつゝ、歩いて行くのではなからうか」。小事と大事をシンクロさせつつ、そこに貫かれる漱石の「見抜く力」には、漱石の独特な死生観がにじみ出ているのです。

個人的に筆舌に尽くしがたい不幸を味わい、東日本大震災の現場を経験し、そして熊本地震で実際に被災した我が身を思うにつけ、この漱石の人生と時代を貫く死生観が今でも色褪せていないことに気づいてハッとしたことがあります。

「客観性」がなければ真実は見抜けない

なぜ漱石はそうした「見抜く力」を備えていたのでしょうか。「見抜く力」には何が必要なのでしょうか。私はそのために最も必要なことの一つは、「距離を置く」ことにあると思います。漱石は作家、小説家の立場から、それを「写生文」という独特のスタイルに託して語っています。

漱石の言葉を借りれば、私たちの社会は人間の塊から成り立っていますが、その人間は、同じ国民という共同体を形成していても、「貴と賤」「賢と不肖」「正と邪」「男と女」「貧と富」「老と若」「長と幼」など、さまざまな区別によって仕切られており、その結果、自分に対してだけではなく、他人に対しても、またこの世界に対しても、その見方は異なってこざるをえません。それは突き詰めれば、人生観の違いということになり、それが集団的な利害や思想、理念の違いとなって政治的な抗争とかかわってくると、イデオロギーや世界観の対立となり、それは勢い力と力のせめぎ合いということにならざるをえないことになります。

こうしてもはや、絶対的な立場や視点などは存在せず、自分や他者、世界をどう見るかは、相対化されざるをえません。どんな見方も相対化されるとすれば、どの見方も真実ではないと言えるし、また逆にどの見方も真実であるとも言えます。

こうして何事も相対化され、何事も疑ってみなければならないとすれば、私たちはどこにも自分の足場を見つけ出せなくなります。つまり、自分という主観へのこだわりだけで、自分自身や他者、世界の見方が異なるのですから、そもそも客観的な立場や世界などというものは存在しえなくなります。しかし、言うまでもなく、世の中は、社会は、世界は、私たち一人ひとりがそれらをどう意識しようが、存在しています。

私なりの解釈を述べれば、漱石は、かけがえのない自分という主観から出発しながらも、そうした主観から距離を置くことの大切さを説いているのです。距離を置く時、おのずから「余裕」ができ、そこから自分という主観にこだわっているだけでは見えなかったことが見えてくるはずです。そこに「客観性」への扉が開かれてくることになります。

それでは漱石はどんな意味で客観的と言っているのでしょうか。それを漱石は、「大人（たいじん）が小供を視るの態度」「両親が児童に対するの態度」であると述べています。この喩《たと》えは、あくまでも喩えであって、「人生観の高下（かうげ）」を指しているのではありません。人生観の高い位置から低い位置を眺めることではなく、あくまでも大人が子供を見るような態度で物ごとを観察し、叙述することを指しているのです。「写生文」というスタイルはそうした客観的な態度によって貫かれた「視察の表現」にほかならないのです。

どんなに深刻な「世間人情」に触れても、ブレることなく、「大人」や「両親」の態度で「小供」や「児童」の挙動を見守るように出来事を観察し、表現するところに「写生文」が成り立つのです。

しかも、物ごとを客観的に見ること、つまり、距離を置く態度は、当の「視察」の主体である自分自身に対しても容赦なく適用されるのです。時に煩悶《はんもん》し、苦悩し、悲しみ、泣く自分自身をも、他者に対する場合と同じように突き放して見るのですから、そこには道化のような滑稽さが伴うことになります。ユーモアと言ってもいいかもしれません。そのことを漱石は、「自分の馬鹿な性質を、雲の上から見下（みおろ）して笑ひたくなつた私は、自分で自分を軽蔑する気分に揺られながら、揺籃（ようらん）の中で眠る小供に過ぎない」（「硝子戸の中」）と語っています。

自分の身体が「乱世」と呼ばざるをえないほど深刻であっても、他方でそうした自分自身をまるで茶化すように距離を置いて眺めているのです。客観的に距離を置く態度と言っても、それは、自分を安全地帯において、何か予め定められたマニュアルのようなものに手続き的に従う態度を指しているわけではありません。現在の大手メディアや組織ジャーナリズムの世界では「客観報道」や「報道の中立性」の名の下に、往々にして形骸化した客観性のタテマエが一人歩きしている場合があります。漱石が「写生文」に託した、距離を置く態度とは、そうした何ごとも「安全運転」の体制順応的なタテマエのルールに従うことではないのです。

他方で、漱石の言う距離を置く態度は、それこそ、「無体に号泣し、直角に跳躍し、一散に狂奔する」(「写生文」『漱石全集』岩波書店、第16巻)大衆的な俗情に阿《おもね》ることとは正反対の態度です。

「見抜く力」を支えるのは真実を求める情念である

漱石は、制御不可能な群衆が一つの巨大な情念の塊となって暴走しかねない大衆社会の危うさを熟知していました。例えば、最初の新聞小説『虞美人草』には、次のような表現が出てきます。

「数(すう)は勢である。勢を生む所は怖しい。一坪に足らぬ腐れた水でも御玉杓子のうぢよ〳〵湧く所は怖しい」(「虞美人草」『漱石全集』岩波書店、第4巻)。

匿名の烏《う》合《ごう》の衆によってあっという間に世論もどきのものが形成され、それが一挙に拡散してしまうネット社会の危うさを考えれば、距離を置くということがどれほど重要であるかがわかるはずです。

「見抜く力」は、こうした形骸化した客観性や数の勢いに翻弄《ほんろう》される俗情的な世論に対して距離を置き、あくまでも「誠実に」自分と時代を見つめる洞察力を指しているのです。漱石が折に触れて「真面目」という言葉を好んで用いているのは、そうした態度を意味しているのです。

それは、あえて言えば、自分に忠実で、常に本音を通す態度と言ったらいいでしょうか。私はそこに漱石の距離を置こうとすることへの情念のようなものを感じるのです。そして「見抜く力」は実はそうした情念のようなものによって支えられているのです。

その情念は、真実（truth）を求める情念とでも言ったらいいでしょうか。でも、漱石がすでに気づいていたように、戦争と繁栄に彩られた極端な世紀としての20世紀をくぐり抜けてきた現在、真実を求めると言っても、ものの見方や考え方が単一のものさしで、単一の価値観で測れるという素朴な考え方に与《くみ》することはもはやできなくなりました。その結果、私たちは、ひとたび疑い始めると何でも疑わざるをえなくなる懐疑と不可知の時代を生きることになったと言えるでしょう。

何を信じたらいいのか、そもそも真実などというものはあるのか、といった疑念が広がっていかざるをえないのです。だからこそ、見たいもの、聞きたいものだけを見、聞くという、それこそ、「見抜く力」とは正反対の、独断的で閉鎖的な態度がますます広がろうとしています。

真実が何であるのかわからない、いや、真実などというものは、「あると信じている人たちの間でだけ存在すればいい」、そうした人たちには「違った真実」（オルタナティーヴ・トゥルース）があるのだ。こうした見方すら公然とした真実になりつつあります。それは、まるでジョージ・オーウェルの『１９８４』の中の「ニュースピーク」を彷彿《ほうふつ》とさせるようなディストピア的な世界を暗示しています。

ただし、現在ではソーシャル・メディアの普及・拡大によって語彙の人為的な削減と単純化が進み、そのため国民の論理的思考が退化し、虚偽が真実となり、隷従が自由に、戦争が平和になってしまうことも考えられないわけではありません。

現実がフィクションに近づきつつあると思えるような「ポスト・トゥルース」の時代に真実を求める情念の火はくすぶりがちです。それでも、真実を求める情念は消えてしまうことはないはずです。ただ、「見抜く力」を貫く真実を求める情念は、単一のものさしではかれるただ一つの真実が存在するという独断的な考えに与するわけではありません。むしろ、それは、「真実そのものを支持しつつ、同時にその複数の形態や根拠を認める」「複数主義」の立場（トニー・ジャット『20世紀を考える』）に立っているのです。この意味で、「見抜く力」は、絶えざる対話に開かれた洞察力であるとも言えます。

白か黒か、正か邪か、敵か味方か、文明か野蛮か、自国民か他国民か、キリスト教徒かイスラム教徒か、こうした数々の二項対立の分断線が走る世界の中で、真実が複数の形態や根拠をもちうることを認めることはきわめて困難になりつつあります。しかし、そうした複数主義の立場に立つことによってしか対話の可能性は開かれてはこないのです。その可能性を閉じるとしたら、残されるのは、有無を言わせない力の世界だけです。となれば、「力こそ正義」(Might is right) になってしまうはずです。その行き着く先は、戦争です。それは、知性の敗北であり、人間そのものの敗北と言えるのではないでしょうか。

人生を、時代を「見抜く力」とは、そうした力の世界に抗う人間力でもあるのです。

ここまで、主に文豪・夏目漱石という巨人の肩の上に乗って私なりに理解する「見抜く力」のエッセンスを述べてきました。

本書は、「第1章　人生を見抜く」と「第2章　時代を見抜く」という構成になっています。

第1章では、これまであまり語ってこなかったごく身辺的な事柄や事件、また私の「素顔」にかかわるような思い出や出会い、さらに私のこだわりや趣味について率直に綴っています。奇妙に思われるかもしれませんが、この章をあらためて読み直してみると、我ながら自分にはこんな面があるのかと、ずっと知っているつもりでいた自分の知られざる面を発見したような心地がします。これも、ささやかながら、人生を「見抜く力」のなせるわざなのかもしれません。

第2章を通じて、いま日本やアジア、世界を揺るがす数々の事件や出来事を、その時々に切り取った断片ではなく、その前後や脈絡の中で「見抜く」視点を読み取ってもらえるはずです。この章では、氾濫する情報やセンセーショナルな報道に惑わされず、等身大の立場からしっかりと時代の変化を「見抜く」、私なりの見方を示すことができていると自負しています。

読者が本書を通じてこれまで述べてきたような「見抜く力」のヒントとなるものを見つけ出してくだされば、望外の幸せです。

見抜く力／目次

はじめに　「見抜く力」とは何か　3

第1章　人生を見抜く　23

「遠く」を目指した少年時代　24
孤独な少年と熊本電鉄「モハ71」　28
臭いが呼び起こす、忘れ得ぬ情景　32
漱石と彫刻家・荻原守衛　熊本と長野の意外なつながり　35
心に生き続ける初恋の思い出　39
熊本〜東京〜ソウル　夕焼けの記憶　43

「人は歩く食道」　私を育てた母の食への信念　47
父が遺してくれた「人たらしの声」　51
母の海から、父の山へ　55
私がクルマ好きになった理由　59
我が家に猫がやってきた①　「猫派」への転身!?　64
我が家に猫がやってきた②　お見合い顛末記　68
ゴルフの中に見いだした「静」の美　72
熊本を舞台に、疾風怒濤の映画デビュー　76
タクシーは移動する小さな世界　80
「生き生きと斜陽」する活字文化　83
自分のテンポで大丈夫、スローで行こう　88

第2章　時代を見抜く　93

九州連合体が日本を元気にする　94
「東アジア安全共同体」が日中韓を守る　98
求められる国際通貨体制の見直し　102
九州の可能性を広げる日韓経済連携　106
独裁国家・北朝鮮リスクへの向き合い方　110
脱原発を成功させたドイツに学ぶ　115
確かな選択と集中がTPPの行方を決める　119
リーダーの条件　124
地方再生の鍵を握る、九州と釜山の交流　128
6カ国協議の枠組みを生かし、北朝鮮対策を　132

政治の要諦は議論の本位を定めること 136
国家の誇りを失わず、尊敬される外交を 140
平和と安定を目指す、6カ国協議再開への道のり 144
特定秘密保護法 「多事争論」なき社会に 148
日韓関係 いまだ深い満州国の影 152
多国間関係の中で日韓を見つめる 156
誤った富国強兵が国力を消耗させる 160
疎外される移民系若者たちに未来を 163
解散総選挙 いま問われているもの 166
イスラム国に対し日本は何を選択すべきか 169
関与政策で健全な日中関係を目指す 172
長江転覆事故に見る「敗亡の発展」の悲しさ 176

安全保障関連法案の参議院審議に物申す　180
日米韓と日中韓、それぞれが「連携」と「協力」を　184
米国の積極的な関与が北朝鮮問題解決の糸口に　188
なぜ若者はテロを選んだのか、そこにある絶望に目を　192
熊本地震に改めて考える、防災対策改革　196
多国間の枠組みが北朝鮮問題に有効か　200
〝バルカン政治家〟ドゥテルテ大統領にどう備えるか　203
ポピュリズムのうねりは何をもたらすのか　206
森友学園問題が政局変動の火種になるか　210

おわりに　人間的な洞察力を鍛える　215

ブックデザイン　鈴木成一デザイン室
編集協力　阿部えり
ＤＴＰ　荒木香樹
写真　髙橋勝視（毎日新聞出版）

第1章 人生を見抜く

「遠く」を目指した少年時代

知らない街を歩いてみたい
どこか遠くへ行きたい
（中略）……
愛する人とめぐり逢いたい
どこか遠くへ行きたい

永六輔・作詞、中村八大・作曲の「遠くへ行きたい」の一節である。曲は日本テレビ系列の紀行番組「遠くへ行きたい」の主題歌として多くの人々に愛されてきたが、もともとは、１９６０年代の初め、ＮＨＫ総合テレビ「夢であいましょう」の「今月の歌」の一つだった。ジェリー藤尾の、鼻にかかった、哀愁を帯びた歌声が、切々と胸に迫る曲だった。

小学生から中学生になろうとしていた頃、私は思春期の目覚めとともに、とにかく何かしら憂鬱だった。家の中にいても、学校で教室にいても、どこにいても、見るもの、聞くもの、触れるもの、一切が陳腐でやりきれないほど退屈に思えて仕方がなかったのである。「遠くへ行きたい、遠くへ行こう、そうすれば、きっと素晴らしい出逢いがあるに違いない」。何度そう思ったことか。今から思えば、それは、変わりたい、今の自分とはまったく違う未知の何かになりたいという、強い「変身願望」の表れだったのかもしれない。

その願望は、意外にも早く実現した。日本中が東京オリンピックで盛り上がった翌年の夏、友人二人と連れ立って東京に行くことにしたのだ。テレビで見る東京は、熊本では想像もできないほど、すべてが巨大で、華やかで、リッチで、最先端のありとあらゆるものが揃っているように思えた。「東京はどがんところだろか。行ってみたかね」。友達と集まるたびに、東京への憧れが募り、東京にいる友人の兄を頼りに、友達と3人で家出同然に、深夜の鈍行列車に飛び乗ったのである。なけなしの小遣いをはたいた、無銭旅行に近い旅だった。

九州を離れて北上し、広島、神戸、大阪、京都、名古屋そして東京へ。鈍行を乗り継いでの汽車の旅は、途中下車も含めて、丸一日以上に及んだ。

親に内緒の旅に、途中、後ろめたさのようなものがつきまとっていた。だが、それでも車窓の後ろへと飛んでいく、灼熱の太陽に照らされた神戸や大阪の街々の光景は、それまで一度も見たことのない景色だった。小箱のような家々の一つ一つにテレビアンテナが立ち、その屋根の下で一家団欒、みんながテレビを見ていると思うと、その壮観さに圧倒されると同時に、未知の世界がもっともっと広がっているような予感がした。

東京駅のプラットホームに第一歩を記した時、周りを睥睨《へいげい》するように聳《そび》えるビルに押しつぶされるのではと思いつつ、「遠くへ来たもんだ」と、感慨もひとしおだった。気がつくと、お互いの顔はゴミや埃にまみれ、煤《すす》けた顔になっていた。ゲラゲラと互いの顔を見ては腹を抱えて笑い、貶《けな》し合いながらも皆が遠くに来たという実感に浸っていた。

それから、１カ月、世田谷の新聞配達所に転がり込んで、そこを根《ね》城《じろ》に「お上りさん」の東京探訪が続くことになった。友人の兄がすでに住み込みで新聞配達所で寝起きし、夜間の大学に通っていたこともあり、そのツテで私たちは居場所を確保できたのである。

東京オリンピック後の東京は、夏目漱石の『三四郎』の主人公が帝都・東京に感じたように、どこまで行っても東京であり、地の果てまで東京ではないかと思うほど、広かった。それは、イガグリ頭の中学生の頭の容量をはるかに超えていたのである。どれほど自分がちっぽけで、取るに足りない存在に思えたことか。

ひと夏の冒険が終わり、熊本駅に降り立った時、駅舎が、駅裏の山が、熊本の風景が、小さく見えた。そして、親たちも、大人たちも、なぜか心持ち縮んでいるように見えたのである。

あれから半世紀、私の人生は、東京の周りをぐるぐる回るような歳月だったことになる。東京と付かず離れず。おかげで、「東京はすごい」という感覚は消え失せていた。大都会に圧倒される初々しい感覚を呼び起こそうにも、私は余りにもすれっからしになってしまったのかもしれない。

それでも、時おり無性に「遠くへ行きたい」と思うことがある。

「かしこには、ただ　序次（ととのひ）と　美と、栄耀（えいえう）と　静寂（しじま）と　快樂（けらく）」（ボオドレール　鈴木信太郎訳「旅のいざなひ」『悪の華』岩波書店）

孤独な少年と熊本電鉄「モハ71」

熊本市内の熊本城近くの上熊本駅から北北東に位置する熊本県合志《こうし》市の御代志《みよし》駅まで、路線総延長10キロ余りの熊本電鉄の菊池線は、私の思春期の思い出が詰まった路線である。複線区間なしの、全線単線のその路線を走る小さな電車が、いま、県内外の注目を浴びている。「青ガエル」の愛称で親しまれてきた「5000系」の車両が、30年に及ぶ役目を終えて2016年2月14日をもって引退することになったのだ。

熊本電鉄（熊電）の公式サイトによると、「青ガエル」はもともと、東急電鉄・目蒲線で運用されていた5000系の電車を、1985年に熊電が譲り受け、運行するようになったようだ。翌年には東急電鉄は青ガエルの運行を終えているし、地方に譲り渡された車両も次々に姿を消し、唯一残ったのが熊電のものだ。その下ぶくれの愛嬌《あいきょう》のある顔つきに湘南スタイルの2枚窓、緑一色のカラーから、青ガエルと呼ばれたのももっともである。

ただ、「青ガエル」が熊電の路線を走り始めた頃、私はすでに埼玉県の高崎線沿線の町で家族をもち、掛け持ちの大学講師として多忙な日々を送っていた。青ガエルになじむ機会はなかったのである。私が、菊池線で通学や日常の生活でお世話になったのは、青ガエルよりもっとレトロな「モハ71」だった。

赤さびた車体に、すきま風が吹き抜けていきそうなモハ71は、いつもガタゴト、ガタピシと不器用な音を立てながら、中学校に通う私を運んでくれた。雨の時も、嵐の時も、うだるような夏の暑さの時も、モハ71は、ただいつもの不器用な音を刻みながら、私の青春の日々を運んでくれたのだ。

やんちゃで、何かにつけて話題の中心にいた小学生のガキ大将も、中学になると、引っ込み思案の悩める学生に変わっていた。当時の私は、まるで心の奥底から働く引力に引っ張られるように、孤独な少年に変貌していたのだ。それでも、通学の行き帰り、モハ71の中で過ごす時間は、息苦しい胸の奥深くに新鮮な空気が入ってくるようなひとときだった。開け放たれた窓から吹き込む春の風を頬に受けながら、次々に飛んで行く景色をじっと眺めていると、心の中が洗われるような爽快感が広がっていったからだ。

今から思えば、私の孤独感は、青年へと脱皮していく不安定な年頃の少年を襲う、漠然とした感情だったのかもしれない。ただ、私が自分の出自にまつわるアイデンティティーの不安定さに、ひそかに悩み始めていたことは間違いない。

学校でも、家族と一緒にいても、何か特別に不満があるわけでもなく、むしろ満ち足りた環境にいたにもかかわらず、私は不安だった。何かにすがり付きたかった。その不安の原因が定かではなかったが、自分の出自にかかわることだけではなかった。後年、心理学の大家・故河合隼雄さんとの対談であらためて気づかされたことだが、どうやら小学生の頃、近所で知り合いのおじさんが自動車事故で今まさに息絶え絶えに悶絶している光景を目撃した体験が大きかったのかもしれない。それは、河合さん曰く、少年の心に深い「死への恐怖」を刻印することになり、それが不安という形でその後の私につきまとったらしい。もちろん、その因果関係も確定的ではない。

ただ、それでも通学の行き帰り、ガタゴト、ガタピシの音を聞きながら、モハ71に揺られているひとときだけは、すべて忘れてしまいそうだった。そんな私に時おり、モハ71は、チンチンと相槌《あいづち》を打つように鳴ってくれるのだ。そのユーモラスな音は今でも私の耳朶《じだ》に残っている。

それから数十年、モハ71は現役を退き、私の乗降駅だった北熊本駅車庫内の車両入れ替え用として「余生」を送るようになり、先の青ガエルが運行するようになったのだ。残念ながら、私は青ガエルに乗車する機会は一度もなかった。しかし、その走る姿を見る機会はあった。悲しみに打ちひしがれている母の葬儀の時、青ガエルが、まるで母への哀悼の言葉を送るようにチンチンと鳴きながら葬場の脇を通り過ぎていったのである。チンチン。その音はまがう方なく、私の耳朶に残るモハ71と同じだった。青ガエルは、どこかでモハ71のDNAを引き継いでいたのかもしれない。私にはそう思えてならない。

臭いが呼び起こす、忘れ得ぬ情景

人間の五感の中で最も忘れがたく、最も原始的な感じがするのは、臭いに対する感覚に違いない。20世紀最高の文学作品の一つ、マルセル・プルーストの『失われた時を求めて』の中で主人公がマドレーヌを紅茶に浸した時、その香りを嗅ぐことで幼少時代の記憶が蘇《よみがえ》るシーンは余りにも有名だ。過去は消えていくのではなく、無意識の世界の中に沈殿し、繊細な感覚的経験をきっかけに生き生きと蘇ってくるということか。

感覚的経験の中で臭いを感知する嗅覚が視覚的な記憶に比べてずっと忘れがたいのは、食欲や性欲、情動など、本能的な感情や行動を司る大脳辺縁系とつながっているかららしい。

脳のメカニズムについてはまったくのど素人だが、確かに臭いの記憶は、ダイレクトで、簡単に上書きできないほど強烈なのかもしれない。ただし、芳しい香りとともに、甘美な記憶が蘇るだけでなく、時には得体の知れないような臭いが、忌まわしい記憶を蘇らせることもあるはずだ。

そのことを、プルーストの名作と並ぶ大作『魔の山』の中で、作者のトーマス・マンは、次のように描いている。「妙にしつこいにおいが、それまでよりもはっきりと感じられるように思った。そして、彼は、恥ずかしいことに、彼の同級生の一人で、いとわしい病気を持っていたためにみんなに敬遠されていた生徒のことを思い出したのであった。月下香の花の香りは、その厭《いと》わしいにおいを消すというひそかな意味を持っていたのであった」。この件《くだり》は、主人公のハンス・カストルプ少年の中にじわっと広がる、祖父の荘厳な遺骸に添えられている月下香の臭いに混じった死の臭いの記憶を指している。

東日本大震災の惨禍が生々しい相馬市の海岸近くに立った時、ふーっと思い浮かんだのは、この『魔の山』の一場面だ。同時に、記憶の古層にへばりついたような臭いの記憶が蘇ってきたのである。それは、人も含めて、さまざまなものが燃え尽き、灰となり、水に溶けて鼻をつく異臭となって大脳のひだに刻み込まれているような記憶だった。

それは、間違いなく少年の頃の、故郷の熊本市内の繁華街を焼き尽くすような大火災とつながっていた。出火元は市内有数のキャバレーで、かなりの数の犠牲者を出し、焼け跡からは形の判別すら定かではない夥《おびただ》しい量の残りカスのような「瓦礫」が残った。その処理場の近くを遊び場にしていた私は、その得体の知れない臭いに慄《おのの》き、不吉なものに取り憑かれたような不安感に襲われたものだ。

相馬市の海岸に沿って一切の生き物がその気配すら消し去ったような静寂の中、空はどこまでも蒼く、そして頬を撫《な》でるそよ風の中に微かに春の薫が漂っているようだった。それでも、その薫ですらも、得体の知れない臭いをかき消すことはできなかった。

どうして、心地よい臭いだけでなく、厭わしい臭いも、同じように大脳辺縁系に着実に伝えられ、しつこい記憶として残存することになるのか。なぜ、心地よい臭いの記憶だけを残すようにしてくれないのか。おそらく、それは、自然が、人間に生の歓びだけでなく、死の厳粛さをも決して忘れないように仕向けたからかもしれない。「メメント・モリ」(「死を忘れるな」)、それが被災地の海岸に立つ私の中に何度もリフレインしていた。

漱石と彫刻家・荻原守衛　熊本と長野の意外なつながり

信州と肥後、長野と熊本で何を連想するだろうか。「日本の屋根」と呼ばれるほど県境に標高2、3000メートル級の高山が連なり、内部も山岳が重なり合う急峻《きゆうしゆん》な地形の長野県。東部には阿蘇山や九州の山々がそびえ立ちながらも、西部は有明《ありあけ》海や不知火《しらぬい》海へと開かれた熊本。二つの県は、気候や歴史、物産も大きく異なり、ほとんどつながりがないように思える。

しかし意外にも両県では馬肉の刺し身が郷土料理としてよく知られており、馬肉食の習慣という点で、共通しているのだ。今となっては定かではないが、古代史をずっとさかのぼると、肥後と信州には人的移動のルートがあったという説があると記憶している。いずれにしても、つながりそうにない二つの県の「遠い接近」のようなものが、「近い接近」に思えてくるのは、私が信州と肥後に深いかかわりを持っているからかもしれない。ただ、熊本は、生まれ育った故郷であるが、長野は50代になって思い入れの深い場所となったのである。

その理由は、私を政治思想史研究の学問へと導いてくれた恩師が、安曇野《あづみの》出身だったからだ。アルプスの山並みを映し出す田んぼの「水鏡」のようなみずみずしい性格の恩師は、その透き通った風景と同じように、いつまでも理想を追い続けた学者だった。不幸にもがんで逝った恩師の年齢に近づくにつれて、信州への、安曇野への私の思いは募っていった。

そして、NHKの「日曜美術館」の番組収録で安曇野の碌山《ろくざん》美術館を訪れて以来、熊本と長野の結びつきは切っても切れないものになった。つたのからまる教会風の碌山美術館には、高村光太郎と並び称される彫刻家・荻原守衛《もりえ》の作品が展示されている。その守衛が夏目漱石の熱烈な愛読者であり、その号、「碌山」は、阿蘇を舞台にした漱石の『二百十日』の主人公の一人、「碌さん」にちなんだらしいということがわかったのだ。

『二百十日』は、「血を流さない」「文明の革命」を豪語する「豆腐屋主義」の圭さんと、剛健な圭さんに同行する人のいい碌さんとの、阿蘇の噴火口への道行きを、軽妙洒脱《しゃだつ》な会話を交えて描いた作品だ。社会の不正に対する怒りを、「轟々《ごうごう》と百年の不平」を碧空《へきくう》に吐き出すような阿蘇の噴火に重ね合わせた『二百十日』には、当時の世相に対する漱石の義憤が表れていて小気味よい。日露戦争では非戦の心情を吐露《とろ》し、トルストイに共感する若き守衛は、漱石の義憤に限りない共感を覚えたに違いない。

ただ、守衛らしいのは、「文明の怪獣を打ち殺して、金も力もない、平民に幾分でも安慰を与へる」べきだと豪語する圭さんではなく、その威勢のいい言葉にうなずきながらも、逡巡《しゅんじゅん》し、それでも一生懸命生きようとする碌さんに傾倒していることだ。「圭山」ではなく、「碌山」なのも、迷い、悩みながらも、「朋友を一人谷底から救ひ出す位の事は出来る」とつぶやく碌さんに、守衛が自分自身の姿を重ね合わせていたからではないか。迷いと思慕の情にあふれる「デスペア」や「女」、さらに毅然《きぜん》とした風格の「文覚」や「坑夫」などの代表作には、そうした守衛の弱さと強さが表れているように思えてならない。

おそらく、漱石もまた、実際には圭さんではなく、碌さんに近かったのではないか。作家の大岡昇平が言うように、「処世においては臆病といってもいいくらい慎重だった」漱石だが、その底には阿蘇の轟々《ごうごう》とした噴煙を吐き出すマグマと同じような力強いエネルギーが充満していたのかも。漱石や碌山とは比べようもないほど卑小だが、私の中にも碌さんに近いものがあるように思えることがある。

圭さんのように激しい義憤や不正への怒りを爆発させたいと思いながらも、私の中にいつもどこかで争いごとを避けたいという、弱虫の面があることは認めざるをえない。「強さ」よりは「弱さ」の自覚が優っているのだ。だからか、私はどうしても人に対して強気に当たることができない性分のようだ。こんな性格だからか、私はこれまで何かを人より先んじて成し遂げたという経験は一度もないように思う。つまり、何事につけ「前衛」として人の先に立ち、自分の信じた道を一途に歩いていくタイプではないのだ。

漱石も碌山も奇をてらうような「前衛的」な作家、アーティストではなかった。むしろ「後衛」の立場に立ちながらも、しっかりと前を見据え、偉大な足跡を残したのである。私もそれにあやかりたいと願っている。

心に生き続ける初恋の思い出

「まだあげ初めし前髪の　林檎（りんご）のもとに見えしとき　前にさしたる花櫛（はなぐし）の　花ある君と思ひけり……」

余りにも有名な島崎藤村の「初恋」の一節だ。還暦を過ぎた、「前期高齢者」予備軍のような私が口ずさむのは少々照れ臭い。それでも、時おり、初々しかった頃の自分を思い出し、初恋の余韻に浸りたい気持ちがしないわけでもない。

初恋。そんな言葉はとっくの昔に忘れてしまったはずなのに、幼馴染の旧友ががんで亡くなったといった訃報が届いた時など、初恋の女性（ひと）がぼんやりとした輪郭で浮かび上がってくることがある。あるいはやっと見つけた偶《たま》の休み、木漏れ日の中、頬杖をついて春を告げる辛夷《こぶし》の白い花を見上げている時など、ふっとそのおかっぱ頭の少女の顔がちらつくことがある。彼女は、どこまでも白い花弁のイメージで私の中に記憶されていたのである。

その少女は、東京からの転校生だった。彼女がさっそうと私の前に姿を現した時、きっと私はあんぐりと口をあけたまま、ただ、その大きな潤んだ瞳を見つめ、耳に心地よい都会の話し言葉にうっとりしていたに違いない。すべてが垢《あか》抜けし、すべてが大人びていた。転校の挨拶を聞いた後、われに返ると、心臓の音が耳に響くほど、胸は高鳴っていた。

それから間もなく、近所の銭湯で素っ裸のまま、彼女と「ご対面」になろうとは、夢にも思わなかった。男湯と女湯を隔てる開き戸を半開きにし、その隙間《すきま》から男湯の父親に石鹸《せっけん》らしきものを渡そうとしていた彼女と、運悪く、いや運良くか、鉢合わせになってしまったのだ。一瞬、私は見てしまった。まだ熟していない、ピンク色の艶々とした彼女の肢体を。

「キャー」という叫び声でわれに返った私は、湯船の中にざぶんと身を沈め、火照《ほて》った体の芯を鎮めるのが精一杯だった。

その後、彼女と顔を合わせるのが、どんなに気まずかったことか。ところが、ある時、上目遣いで私の顔をうかがうように、私の家に遊びに行けたらうれしいと漏らしてくれたのだ。

天にも昇るほど私は有頂天だった。でもすぐに不安の影が私を暗くした。我が家の「民族色」の漂う空気を知ったら、彼女はどう思うだろうか？

結局、私は煮え切らない返事で彼女を失望させてしまった。それからほどなくして、彼女は何かにせかされるように突然、県外の学校へ転校してしまったのである。

私はどれほど悔やんだことか。そしてそれから半世紀、私は偶然、彼女が20歳を目前に、交通事故で帰らぬ人となったことを知った。還暦を迎え、ひと目、彼女に会ってみたい、そんな秘めたる願いは永遠にかなえられなくなったのだ。

でも、ひょんなことから、彼女の高校時代の同級生からいただいたスナップ写真の中の彼女は、私の記憶に焼き付いた可憐《かれん》な姿そのものだった。彼女は大人の垢を身につけないまま、逝ってしまったのである。その無垢《むく》で恥じらいを含んだ笑顔は、十代の終わりのまま、私の記憶の中で生き続けている。私が生きている限り、彼女との年齢の差は年ごとに開くばかりだ。私は齢《よわい》を重ね、彼女は永遠に若いままなのだから。

悲しい思いがしないわけではない。しかし今では美しい初恋の思い出を残してくれた彼女に感謝したい気持ちだ。

それでも、ロシアの文豪チェーホフの「いたずら」の中の恋のときめきのように、「好きだよ、K子！」と風が言うように彼女の耳元でささやきたかった。彼女が、「いたずら」の中のヒロイン、ナージェニカのように、嫁に行き、3人の子持ちになり、めでたしめでたしの中年になっていたら、私はきっと初恋をねんごろに安らかな気持ちで懐かしんでいられたかもしれない。しかしその願いは断たれたままだ。でも、だからこそ、私の初恋は混じり気のないピュアな思い出として生き続けているのかもしれない。

熊本〜東京〜ソウル　夕焼けの記憶

ゆうやけこやけで　ひがくれて
やまのおてらの　かねがなる
おててつないで　みなかえろ
からすといっしょに　かえりましょう

中村雨紅・作詞、草川信・作曲の唱歌、「夕焼小焼」である。この歌ほど、ある世代には子供の頃を思い出す忘れがたい童謡はないに違いない。

1923年、あの関東大震災の2カ月ほど前に発表された「夕焼小焼」が多くの人々の心をとらえたのは、関東大震災以後、死者をとむらうような哀切を帯びたメロディーとともに、死者の魂を宿すカラスと一緒に帰っていくという歌詞が心を打ったからではないかと言われている。

そう言えば、私も小さい頃、遊び友達と別れて家路につく時、西の空を赤く染める夕焼けを眺めていると、何かしら不思議に怖いような、懐かしいような気持ちに駆られたものである。実際にカラスが血反吐を吐くような鳴き声で、夕焼けに映える黒い影となって飛び去っていく光景を何度か見た記憶がある。

私にとって、夕焼けは、童謡にあるように、牧歌的な田舎の風景と結びついていた。だから、大都会・東京に来てからというもの、夕焼けに特段、心が惹かれることはなかった。いやむしろ、ビルが犇《ひし》めき合う東京は、童謡の世界とは最も遠い、むしろパサパサに乾きった世界に思えていたのである。東京にはしっとりとした気分の「夕焼小焼」は最も不似合いだった。

しかし、その先入観を覆すようなことが起きたのだ。それは何の変哲もないありふれたことだが、私にとっては一つの事件だった。大学に入学して間もなく、私は渋谷から東横線に揺られて田園調布まで家庭教師のアルバイトに行く道すがら、ぼーっとして靄《もや》がかかったような大都会・東京に今にも没しつつある赤々と揺らめく太陽を目にしたのである。その大きさ、その燃え盛るような勢い、それが暮れなずむ空の中に静かに消えていく光景は、圧巻だった。

それは、童謡の世界の夕焼けとは余りにも違っていた。そこには、感傷も、静けさも、哀切もなかった。そうしたものが吹き飛んでしまうような圧倒的な何かが否応無しに迫って来るような感じだった。

でも、どこか美しかった。それは、田舎で育った青年が、都会の中で発見した、それまで見たこともない美しさだった。夕焼けの炎は、都会にも都会ならではの美しさがあることを教えてくれたのである。

それから数年後、初めて父と母の国を訪ねた1970年代の初め、疾風怒濤《しっぷうどとう》のような夏の1カ月が過ぎ、明日ソウルを去ることになったその日、私は東京で見たものと同じような夕焼けに出くわしたのである。

雑踏というより、ほとんど混沌に近いような、強烈な臭気と人の熱気が俄仕立《にわかじた》ての雑居ビルの空に漂うソウルの街に、あの時と同じように真っ赤な太陽がまるでざわざわと音を立てるようにして没していく光景。それは私の感傷的な気分を吹き飛ばすほど迫力に満ちていた。

そしてやがて、どこにいても、どんなところにも、夕焼けがある……。そんな思いが浮かんできたのである。民族の違い、国境の壁へのこだわりが少しずつ溶け出していくようだった。

夕焼けの記憶は、私の青春の1ページとなって今も私を慰めてくれるのである。

「人は歩く食道」　私を育てた母の食への信念

「姜さんはスタイルがいいですね。スラッとして、何かやっているんでしょう？」

時おり、こんな質問を受ける。私の答えはいつも同じだ。

「いいえ、そんなことないですよ。若い時からずっとこんななんです」

実際、ここ40年以上にわたって私の体重の増減は、ほぼ1、2キロ前後に収まっているし、身長も胸囲も、胴回りもほとんど変わりがない。運動不足を解消するために、時おり、水泳をやったり、ジョギングや筋トレで汗を流したりすることはあるが、それも時間の余裕があればのことで、規則的にトレーニングに励んでいるわけではない。

実は、他人の見る目とは違って、私は内心、自分のスタイルに強い不満を抱いていた。もっとふっくらとした体形になれればいいのに。密《ひそ》かにそう思っていたのだ。自分の体形にコンプレックスのようなものを感じていたのは、亡くなった母が判で押したように、

「もっと食べんと太らんばい」と言っていたからだ。子を思う親の気持ちが、暗黙の重圧になっていたのかもしれない。

そんなわけで、これまで思いついた時に、体重を増やす努力をしてみたものの、うまくいったためしはない。牛乳をがぶ飲みしたり、ステーキや焼き肉をたくさん食べたり、はたまたスポーツやジム通いの後に、プロテインのサプリを飲んだり、一度など、ピロリ菌を駆除して、めきめき体重が増えたという編集者の話を聞きつけ、微かな期待をもってピロリ菌の除去をやってみたが、結果はまったく芳しくなかった。近頃は仕方がないと諦めの心境だ。もともと胃弱で、しかも胃アトニーらしい体質は、そう簡単には変えられないと思うようになったからだ。

しかし、それでも、私はどちらかというと、食に対して貪欲だ。どうしてそうした食習慣が身に付いたのかと言えば、その理由は母にある。私の母は、私が小さい頃から、朝起きると、ご飯をしっかり食べなさいが口癖だった。「食べんといかんばい、食べんと。食べんと病気になるけん。食べとりゃ、元気だけんね」。母には「食べる」ということが、人間の活動の土台であり、そのためには、安くても栄養価のあるものを食することが、すなわち、生きることであるという確固とした信念があった。

その信念は、「食事を済ませましたか」が挨拶代わりだった貧しい時代に形作られたのかもしれないが、戦争も末期の頃、栄養失調で生後1歳になったばかりの長男を失ったことが、一番大きな理由だったのかもしれない。老いてからも、命日にはまるで死児の齢を数えるように供養を怠らなかった母。私に対する食べ物の気遣いの裏にそうした悲しい思い出があるとわかってからは、「食べんといかん」という母の、半ば脅しのような文句も無下《むげ》に拒めないように思えたのである。食べること、すなわち、生きることであり、生きること、すなわち、食べることである。

この信念を、母は日々、実践し、カルシウムの多い小魚や青物（青魚）、季節感あふれる旬の野菜をふんだんに使った料理を出してくれたものだ。とりわけ、季節の野菜たっぷりのピビンパプ（混ぜご飯）や、有明海の浅利やイカ、牛肉や大根などを具材にした吸い物は、昆布のダシが旨味を引き立て、大の好物だった。栄養学の知識などまったくなかったはずなのに、母の献立は、今から思うと、栄養バランスが絶妙なほど取れていた。

その甲斐《かい》あってか、細身ながら、これまで大病を患った経験は一度もない。そんなわけで、やせ形の身体に対するコンプレックスも次第に消え失せ、加齢とともに、我が身体の基礎づくりを惜しまなかった母に対する感謝の念は益《ま》すばかりだ。

母には、人間は所詮、「歩く食道である」という、あっけらかんとした信念があった。大学に入り、少々、難しい古典も読むようになり、あのマルクスに多大の影響を与えた唯物論哲学の代表者、フォイエルバッハの「人は食らうところのものである」(Der Mensch ist, was er isst) の言葉を発見した時、母の教えが何やら深遠なものに思えたものだ。もちろん、母にはフォイエルバッハの哲学など知る由もなかったし、そんなことなど、どうでもいいことだったに違いない。

ただ、母が「人は歩く食道である」という言葉で語りたかったことは、どんな高貴な人もそうでない人も、学のある者もそうでない者も、金持ちも貧乏人も、食わなければ死ぬし、食えば、必ず尻から出す。その限りで人間はみんな平等なのだということだった。異国の地で時には差別を受けながらも、母は「食べる」ことを通じて、国境を越えた人と人との交わりを結ぶことができたのである。

父が遺してくれた「人たらしの声」

「姜さん、本当にいい声してますね」

「姜さん、その声、『ジェットストリーム』（TOKYO FMをキー局にJFN38局で放送されているイージーリスニングの音楽番組）の城達也《じょうたつや》と同じですよ、いいですね」

すでに20年以上も前に番組を降板しているが、城達也の人を蕩《とろ》かすような甘い声が、「ジェットストリーム」の音楽とともに聞こえただけで、女性のリスナーがうっとりとするほど、声のハンサムさは群を抜いていた。

時おり、放送や出版関係者から私の声に城達也ばりの甘い低音の魅力があると言われて、悪い気持ちはしないが、それでいて、本当にそうなのか、狐につままれた感じがしないわけでもない。

でも、イヤな声だと言われたことは一度もないので、いつの間にやら、声は自慢のタネとはいかなくても、人を惹きつけるチャーム・ポイントの一つになっていると思うようになった。顔は十人並み、身体はまあ年の割にはスマートな（と言っても胃下垂で体重が増えないだけだが）ほうだし、それに声もそれなりにイケてる。となると、可もなく不可もなくといったところか……。だいたい私を見積もると、こんな感じに落ち着きそうだ。

というわけで、声は大袈裟に言えば、私にとってキャラ立ちの有力な「武器」になっているのである。

思春期を迎え、いつ頃、声変わりをしたのか、定かではない。翻《ひるがえ》って自分の声が好きか嫌いかと問われれば、即座に「好きだ」とは言えない気がする。と言って、「嫌いだ」というわけでもなく、「どちらかと言うと、好きだ」といったところか。正確に言えば、最近ではますます「好きだ」と思う割合が増えつつある。

そう思うようになったのは、実は、私がずっとその容貌や性格の面で母親に似ていると思い込んでいたのに、意外にも私の仕草が父親に似通っていると気づき、声まで父親似ではないかと思うようになったからだ。

生前の父は、私にとっては畏敬の存在だった。我が家の中では比較的口数が少なく、不平不満をこぼさず、のそのそと牛のように艱難辛苦《かんなんしんく》を耐えていく、それが父のイメージだった。思春期になるまで、周りからチヤホヤされ、それなりに目立った私は、そうした父親のイメージとは正反対のところにいるとずっと思っていた。

しかし、年月が過ぎ、父が亡くなり、母も亡くなり、そして私も還暦に近づくにつれて、私の「正体」はもしかして父親に近い部分があるのではと思うようになった。意外に自分が思う以上に、我慢強い面があること、都会の雑踏よりも田園を好むこと、そしてご馳走がなくても、汁物やスープがあれば、満足してしまう食の嗜好《しこう》など、いろいろなところで父親に近いことに気づいたのだ。

そして、がんで亡くなる数カ月前に撮影された、カメラの前にはにかんだ表情で頰杖をつく父親の写真を見て私は一瞬ギョッとした。右手の親指と人差し指で軽く顎《あご》を挟むように頰杖をつく仕草は、まるで年老いた自分を見るような、不思議な既視感に溢《あふ》れていた。

「討論番組でよく頰杖をついていますね。あれはポーズですか?」

よくこんな質問をされることがある。カッコをつけているつもりはなく、いつの間にかそんな仕草をしてしまうとすれば、それは父親譲りの「遺伝」のなせるわざか。はっきりとしたことはわからない。ただ、「趣味の遺伝」というタイトルの、文豪・夏目漱石の小説もあるくらいだから、「クセ」も遺伝するものなのかもしれない。

「クセ」が遺伝するとしたら、声もそうではないか。そう思うと確かに私の声は父親に似ている、いや、その声量や音程、テンポや間合いまで、そっくりのようだ。というわけで、私の声は父親譲りということになる。

それにしても不思議なのは、質素で、華やかさとは無縁で、「忍の人」であった父の声のコピーのような声が、声の専門家には思ってもみない印象を与えているということだ。『8割の人は自分の声が嫌い』の著作もあり、声と人間の心理、身体との関係を研究している山崎広子さん曰く、

「姜さん、ご自分でわかっていらっしゃいますか。姜さんの声は、人をたらしこむ声なんですよ」

思ってもみない指摘にびっくり。しかし、無意識に顔はほころんでいる。どうやらあの真面目一徹の父に隠されたお茶目な悪戯心《いたずらごころ》が、「人たらしの声」となって私に受け継がれているようだ。

母の海から、父の山へ

何かの機会にある記者から、「先生は、海と山と、どちらが好きですか？」と聞かれたことがある。唐突な質問で、ちょっと戸惑ったが、キッパリと「山です」と答えたのだ。そんなにハッキリとした答えがあるとは思っていなかったので、我ながら少々、驚いたことを記憶している。自分でも気づかないうちに、山への愛着が募っていたのだ。

でも、振り返ってみると、若い頃の私は、断然、「海派」だった。小さい頃から、有明海の海岸や天草の海で遊ぶことの多かった私は、夏が大好きだった。碧《あお》い海、やけつく陽《ひ》射《ざ》し、波打ち際で砕ける白い波、そして鼻をつくような潮の香り。それらすべてが、ひと夏の思い出となって脳裏に焼き付き、私は梅雨明けの夏の到来を待ちわび、海原に抱かれる日を心待ちにしていたものだ。

こうした私の海との戯れに大きな影響を与えたのは母の存在である。もの心ついた頃から「マザコン男」の私は、海と切っても切れない関係の母とひと夏、有明海や天草で過ごすことが多かったのだ。

韓半島の南、戦前は日本海軍の要衝の地として、また桜の名所としても有名だった鎮海《チネ》で生まれた母は、まさしく「海の子」だった。水平線のはるか彼方には、対馬《つしま》が見えることもある鎮海の海は、母の揺籃《ようらん》を見守る巨《おお》きな生命《いのち》の揺り籠だったに違いない。

「今の時季は、アサリの身がしまってほんなこつ、おいしかとよ」

ほくそ笑みながら、一心不乱に有明海の潮干狩りに余念のなかった母の姿を今でも思い浮かべることがある。私は海を見ているだけで、心が慰められる気がしたのである。その心持ちは、後に上京後、大学に通いながらも、心の中に孤独感を抱えていた私を、故郷の海の思い出に誘った。

その折に読んだ、フランスの象徴派の先駆者・ボードレールの『悪の華』の中の、「旅への憧れ」をうたった詩句は、今でもそらんじて口誦《こうしょう》できるほどだ。海の彼方の「かしこには、ただ　序次（ととのひ）と　美と、栄耀（えいえう）と　静寂（しじま）と　快樂（けらく）」」（鈴木信太郎訳）。

しかし、どういうわけか、その後の私は海から遠ざかり、むしろ山へ、山へと引きつけられるような人生の航跡を描くことになる。そのきっかけになったのは、妻だ。彼女は、海に面していない県の一つ、埼玉の出で、彼女の実家に足しげく通ううち、いつの間にか、山に魅せられていくことになったのだ。それは考えようによっては、「マザコン男」の自立のプロセスと言えないわけでもない。

もっとも埼玉には、長野ほどの峻厳《しゅんげん》な山や高山があるわけではなく、むしろどちらかと言えば、手軽にハイキングがてら登れるような山が多い。とりわけ山里のような、ひっそりとした、それでいて何か懐かしさを醸し出してくれる所に何度か足を運ぶうち、私は自分の中の山へのイメージが変わっていくのがわかった。山が、海よりその植生や生き物、また天候も含めて変化に富み、またじっくりと一つ一つの情景やその変化を楽しむのにふさわしい場所だということに気づいたのである。

しかし、それだけではなさそうだ。

山への親しみの気持ちは、父の存在の大きさが、父の死後、じんわりと心に沁《し》み入るようになるにつれて、膨らんでいったように思う。如才なく、テキパキと我が家の商いを切り盛りしていた母に比べて、父はおっとりした、しかし、どんな艱難辛苦にも弱音を吐かない「忍の人」だった。どちらかというと、地味な存在であった父の「平凡な偉大さ」が、加齢とともに私の心を占拠するにつれて、私はいつの間にか、山へ引きつけられていたのだ。山はじっと耐え続ける人にふさわしい。
そう言えば、父の故郷は、母の故郷とは少し離れた山間の村であった。
「採菊東籬下、悠然見南山」（きくをとるとうりのもと、ゆうぜんとしてなんざんをみる）
商売っけのなかった父は、塵界《じんかい》を離れた境地を理想としていたのかもしれない。還暦をとっくに過ぎ、私もまた、そんな境地に浸りたいと思うことが多くなった。

私がクルマ好きになった理由

クルマ好きが高《こう》じて、時おり、憧れのスポーツカーの展示場をのぞいてみることがある。こんなクルマで風を切って新緑の影が頬をなでるようなフリーウェイを疾駆《しっく》できたら……。そう想像するだけで、ワクワクするほど、どうやら私はクルマに魅せられているらしい。

環境にやさしく、低燃費で、排ガスや騒音をまき散らさないシンプルなエコカーが人気の時代に、私の嗜好は多分に「反時代的」だと思われるかもしれない。

実を言うと、私はずっとクルマが大嫌いな、自転車一辺倒の「エコ派」だったのだ。というより、クルマなど、この世の中からなくなればいいと思っていたくらいだから、自分でもあきれるくらいに「宗旨替え」したことになる。

それではなぜ、クルマを毛嫌いしていたのか。いろいろあるが、大学の恩師から環境倫理学などを学んだことや、第一次石油ショックの後に出版された経済学者・宇沢弘文氏の

『自動車の社会的費用』（岩波新書）などを読んだことが大きかった。クルマなど、決して乗るものか。身体が動く限り、公共の交通機関と自転車、そしてこの足を動かせば、それで十分だ。私はずっとそう決めて、それを実行してきた。

ところが、五十路《いそじ》の坂を越えようとする頃、大きな転機が訪れることになる。学生時代から心の支えになってくれた「心友」から、クルマの免許を取るよう勧められたのだ。その彼は急性の大腸がんに侵され、余命数カ月という宣告を受けていた。

「サンジュン、そんなに意固地にならず、クルマの免許を取ったらいいよ。真夜中、首都高を一人でドライブしていると、あちこちのビルの窓にぼんやりと輝く灯《あか》りが見えるんだ。まるで蛍のように美しいんだよ。いいぜ……」

遠くを見やるような心友の目には、うっすらと輝くものが見えたように思えた。自分の末期をぼんやりと輝く蛍に喩えていたのだろうか。

彼の静かな慫慂《しょうよう》は、私の心を打った。私は仕事の合間を縫うように、私の子供のような若者たちに交じって自動車学校に通い、3カ月の後、ストレートで免許証を取得したのだ。すぐに心友に報告すると、弱々しい声ながら、我がことのように喜んでくれたのである。しかし、それから2カ月後、心友は世を去った。

考えてみれば、彼も私も、その多感な年頃、アメリカン・カルチャーの洗礼をたっぷりと受けた世代だった。シボレー・コルベットでアメリカ大陸横断の旧国道を旅する二人の若者が主人公のテレビドラマ『ルート66』とその主題歌は、彼と私の記憶に焼き付いていたはずだ。私の中に実際にはクルマに魅せられる素地があったことになる。

それから、10年以上がたち、たまさか、シンガーソングライターの松任谷由実さんと対談する機会があった。

彼女に会って開口一番、

「大学院生の頃、あなたの歌声を聴くだけで、虫酸《むしず》が走るほどイヤでした」

と率直に彼女に伝えたら、一瞬、松任谷さんも少々、面食らったような表情をされていた。

悶々とし、自分にも、時代にもやりきれない違和感を抱いていた大学院生の頃、まるでバブルの申し子のようにまったくの私的な心象やきらびやかな大人のメルヘンを抑揚のない声で歌い続ける松任谷さんは、「金ピカ時代」の象徴のように思えたのである。

しかし、バブルがはじけ、かつての「金ピカ」のメッキが剝がれ、時代は低成長の不景気に喘《あえ》ぐ灰色に変わっても、松任谷さんの歌は、決して変節することはなく、「ゴーイング・マイ・ウェイ」であった。私の思い込みが、浅はかだったことを悔い、彼女の歌をあれほどイヤがっていたのに、結構、いろいろな場所で聞き流していたせいか、むしろその歌詞も含めて記憶に残っていたのである。特に運転免許を取って以来、松任谷さんの軽やかな曲が改めて自分のテイストに合っていることに気づいた。

「何をいつまでもくよくよと悩んでいるんだ。もういい年になってあれも嫌い、これもイヤだじゃ、話にならない。ドライブの時くらい、自分を解き放ってみよう」

こんな声が私の中から聞こえるようになった。

「虫酸が走るほどイヤでした」の後に、「でも、五十路の坂を越えて、中央自動車道を走っていたら、不覚にも松任谷さんの『中央フリーウェイ』を口遊《くちずさ》んでいる自分がいたんですよ」と継ぎ足すと、彼女はニコニコ笑いながら、大人の対応を示してくれた。というわけで、私のクルマ好きを語る時、亡くなった心友と松任谷さんは欠かせない存在ということになるのである。

町の灯がやがてまたたきだす
二人して流星になったみたい

中央フリーウェイ
右に見える競馬場　左はビール工場
この道はまるで滑走路
夜空に続く

我が家に猫がやってきた①　「猫派」への転身!?

あなたは「犬派」？　それとも「猫派」？

この問いかけは、人の性格判断に使われるお手軽な常とう句になっているらしい。私も、時おり、そんな問いを投げかけられた経験がある。答えはいつも決まっていた。「犬派です」。これはもう、私の中の遺伝子がそう答えさせるのかと思うほど、自明のことだ。

私の中に「犬派」であることが刷り込まれたのは、多分に母親のせいである。子年《ね》の母は、どういうわけか、子年が3人いれば、家内繁盛間違いなしと固く信じていた。母に加えて、兄嫁と孫が子年、そして商売繁盛にも恵まれたせいか、母の「迷信」は確固不動の真理になり、ネズミの天敵、猫に対する母の嫌悪感はすさまじかった。

というわけで、私は子供の頃から、猫は疫病神と思うようになったのである。母の「迷信」が私にも受け継がれたのだ。猫が嫌いであれば、その裏返しのように、犬への愛着は深まるばかり。私も犬には目が無かった。とりわけ、親に叱られ、夕飯にもありつけずに、家の片隅ですすきっ腹を抱えながら泣きじゃくっている時、私の顔を所構わず舐《な》めてくれたボス（雑種の焦げ茶色の中型犬の愛称）のことは今でも忘れられない。

辛《つら》い時、悲しい時、落ち込んでいる時、犬はただ純粋無垢な天使のように、愛嬌を振りまき、飼い主をねぎらってくれる、ありがたい「友だち」なのだ。

この信念はずっと変わらなかったはずなのに、つい最近、私は家族の執拗《しつよう》な「工作」にまんまと騙《だま》されて、猫を、しかも、成猫になれば、7キロ前後の体重になるらしい長毛種の猫、「ラグドール」を飼う羽目に陥ったのである。まだ生後数カ月しかたっていないにもかかわらず、胸の前にふさふさのよだれかけを掛けたような「ぬいぐるみ」のような猫。こんな大きな猫が家の中を徘徊《はいかい》していたならば、母はきっと卒倒したに違いない。

帰巣《きそう》本能が強いのか、「ぬいぐるみ」が我が家にデビューした頃は、とにかく柱やカーテンの隅で、猫の子にしては大きな体を震わせていた。不安で怖かったに違いない。とにかく、母親の胎内に戻りたいような仕草で陰のある場所や狭苦しい空間にごろりんと体を横たえ、まるで気配を消す忍者のように息を殺して我が家の住人たちをうかがっていた。

それが、今ではどうだ。まるで我が物顔にのそのそと家の中を闊歩《かっぽ》し、時おりごろりと仰向《あおむ》けになって小さくごろごろと喉を鳴らして、ご主人がやさしく、体をなでてくれることを要求するようになったのである。何とずうずうしいヤツと思わず顔をしかめつつ、「ルーちゃん」と猫なで声で媚《こ》びている自分がいる。還暦を過ぎて、私は「猫派」に転向したことになる。「犬派」の愛犬家たちからは、何という浮気なヤツとお叱りを受けそうだ。

それでも、人を惹きつけて離さない猫の魅力には降参だ。猫の仕草、その挙動の一つ一つが、犬ほど単純ではなく、謎めいて見えることがある。そこが、たまらなく私を惹きつけるのである。人生が白黒をつけられるほど単純ではなく、一つの謎めいたものに思えるような年にさしかかりつつあるからかもしれない。

こちらから手を差し伸べると、すっと無関心を装うようにすり抜けていくルークが、時おり虚を突くように体ごとすり寄ってくることがある。その時の表情は、オスなのに男を手玉にとるような蠱惑《こわくてき》的な悪女に変身しているように見える。

かと思うと、エサをねだるルークは、まるで駄々っ子のように乾いた声で威嚇《いかく》するような声を発しておねだりをするのだ。そして食事の時、椅子からテーブルの上にさっと飛び移り、みんなの視線を何食わぬ顔で外しながら、じっと座ったまま、自分も我が家の一員であることをアピールしようとすることがある。

さらにルークは、私がタクシーで我が家の前に着いた頃から、いそいそと階段を降りて、三和土《たたき》の近くで体を横たえ、主人が顔を見せるまで待っていることがある。足音も匂いもわからないはずなのに、どうしてクルマが到着しただけで、私が帰ってきたとわかるのか。

いったいどれが本来のルークなのか、首を傾《かし》げざるをえない。しかし、そこが謎めいていて、謎を謎のまま受け止めることができるようになった「前期高齢者」の部類に入った私には魅力なのだ。

でも、あえて言えば、今は、「犬派」でも、「猫派」でも、どちらでもいい心境である。そう言えば、名作『吾輩は猫である』で有名な漱石も、ゴリゴリの「猫派」と思いきや、意外にも「犬派」の一面をもっていた。身辺の雑記を独白的に綴った『硝子戸の中』には、謡《うたい》の師匠からもらい受けたらしい犬の話が切々と語られている。漱石自ら、ヘクトーという、ホメーロスの『イーリアス』に登場するトロイの勇敢な戦士の名前を与えたくらいだから、ヘクトーに寄せる漱石の愛着には並々ならぬものがあったに違いない。ちなみに漱石は、『永日小品』の中で「猫の墓」について触れているが、『吾輩は猫である』に倣ってか、猫は愛称では呼ばれていない。

我が家に猫がやってきた②　お見合い顛末記

我が家のルークは、満1歳を過ぎたばかりのオスのラグドールである。ぬいぐるみのような長毛種のラグドールは、成猫になれば、7、8キロ近くにも成長するらしく、ルークも、まだ1歳を過ぎたばかりなのに、のそのそと歩く後ろ姿は、猫の相撲取りを彷彿とさせるほどだ。

ルークは、時おり巨体をごろりと転がして仰向けになり、「さぁー、顎をなでなでして」と催促するほど傍若無人《ぼうじゃくぶじん》、いや「傍若無猫」なのに、いたって臆病である。ちょっとした物音でも跳び上がり、我が家を訪れる人の気配を感じただけで、あたふたと身を隠してしまうのである。

そんな我が家の人気者は、孤独なさみしい雰囲気を漂わすことがある。縁側の硝子越しに、じっと外の様子を眺めたまま、石のように動かないことがあるのだ。しりもちをついたまま、前脚を丹念に整えて、ただひたすら外を眺めているルークの後ろ姿には、確かに寂寥感《せきりょうかん》が漂っている。

硝子戸の内側は温かいし、エサも飼い主が有り余るほど与えてくれる、外敵もいなければ、危険なところもない。しかし、何かが足りない、何かが……。ルークを見ていると、そんなことを考えているとと思わざるをえないほど、その姿はどこか物悲しく、哀れに見えるのだ。

というわけで、おせっかいにも、ルークの無聊《ぶりょう》を慰めたいと思い立ち、仲間の猫を1匹、我が家に招くことにした。ひと夏の「別荘族」の慰みものになり、夏の終わりとともに飼い主から捨てられ、動物愛護家に拾われた猫を、1週間の「試し飼い」で、引き取ることになったのである。

野生のヤマネコと短毛種のイエネコを交配してつくられたベンガルに近いオスの猫で、年もほぼルークと同じである。ただ、飼い主に捨てられ、すきっ腹を抱えていた時期があるらしく、ルークとは対照的にスリムだ。わずかな間でも、野生の味をしめたのか、どこかしたたかで、根性が据わっているように見える。

とにかく、対照的な猫同士、何とか打ち解けてほしいと願ったものの、ルークにとってはとんだ災難だったらしい。新参者を遠くからしげしげと眺めて距離をはかろうとしていたようだが、新参者が動き出すと、さっと風呂場近くの物入れの中に身を隠したまま、そこから出ようとしないのである。

1日が過ぎ、2日が過ぎて、水もエサも口にせず、息を殺したようにじっと物入れの中に潜む我がルーク。さすがに気が気ではなく、戸を開けて中の様子をみると、物悲しいうめき声をあげながら、私の顔を恨めしそうに見ているのだ。

突然引きこもりになったルークに、我が家は大困惑。迷った揚げ句、いっそのことショック療法で、ルークとベンガルを身動きできない狭い空間に置いてみようということになった。

しかし、ベンガルをルークの隠れ家の物入れにそっと入れようとした瞬間、何とルークは「ふにゃー」という意味不明の「ニャンコ語」を発したかと思うと、ドタドタと物入れを飛び出し、窓際のカーテンの隅に頭を突っ込んだまま、動こうとしない。何とふがいない臆病者め。そう思いつつも、ルークがふびんで仕方がない。ルークはやはり孤独が性に合っているらしい。そう思い、ベンガルは動物愛護家に引き取ってもらうことにした。

ベンガルがいなくなった途端、いつもの大胆なポーズで、なでなでをねだるルークに、現金なヤツと思うものの、どこか孤独な様子に哀れを感じるのだ。

それにしても、ルークの新参者に対する反応は、異常だった。それはルークだけの特殊な反応かと思っていたが、調べてみると必ずしもそうとは言い切れないようだ。そもそも、ラグドールは大人しい猫で、その大人しい猫の中でも、ルークは際立って人見知りするようだ。そんなルークに、よりによってヤマネコの野生性を残しているらしいベンガル、しかもオスのベンガルをくっつけたのだから、これは実は、最悪の組み合わせの一つだったのかもしれない。猫の生態に慣れていない我が家の大チョンボだったようだ。そう思うと、ルークにすまないと思いつつ、一層のことルークが愛らしく、不憫《ふびん》に思えてくる。

ゴルフの中に見いだした「静」の美

私のゴルフに対するイメージは最悪であった。広大な敷地を柵やフェンスで囲って独占し、しかもちっぽけなボールを、長い耳かき棒か、靴べらのような棒で叩《たた》いて何が面白いんだ。いい年をした大人が、あんなモグラの穴みたいな所にボールを入れて喜んでいるなんて。

通りやプラットホームで、傘を逆さにスイングの格好をしているサラリーマンに出くわした時など、つい白い目で見たくなったほどだ。

というわけで、「ゴルフをやり出したら、人間終わりだな」。これが私のゴルフに対する、偏見に凝り固まったイメージとなってしまったのである。ゴルフなど絶対やるものか。そう心に決めていたはずなのに、よりによって私はゴルフに魅入られ、籠絡《ろうらく》されてしまったのだ。

どうしてゴルフに横着な先入観を抱いていたのか。その理由は、詰まるところ、ゴルフが、静止している小さなボールを叩くところにありそうだ。野球少年で鳴らしたこともあり、私にとって、球技は何よりも動く球を叩いたり、投げたり、蹴ったり、要するに、いつも動きと関係していることが当たり前だったのだ。静止している球を叩く、それは、ゲートボールのような、運動能力の乏しい高齢者などが興じるスポーツに思えたのである。

私のスポーツのイメージは、常に「動」の中にあり、「静」はそこからこぼれ落ちる趣味の世界にほかならなかった。文豪、夏目漱石は、美は「静」の世界の中にあるとして、「動と名のつくものは必ず卑しい。運慶の仁王も、北斎の漫画も全く此（この）動の一字で失敗して居る」（『草枕』）と喝破しているが、私は、スポーツの世界の「運慶」や「北斎」に憧れ、漱石からすれば「卑しい」「動」を求めていたことになる。スポーツも、最後はどこか「美しい」ところがなければ、これほど人を魅了したりしないはずだ。ただ、スポーツの世界の「美」といっても、それを「動」に求めるのか、それとも「静」に求めるのかによって、美の性質も大きく異なってこざるをえない。

私は、ゴルフを通じて、やっとスポーツの世界の美が、「静」の中にあることを悟ったことになる。

そうした「悟り」のきっかけになったのは、ゴルフ歴20年の、ある女性編集者の一言だった。「先生が言うほどゴルフは簡単じゃないんですよ」。普段は温厚な彼女が、私の「ゴルフ亡国論」に強く反発しつつ口に出した言葉に、私はカチンと来てしまった。

「ようし、それじゃやってみるよ」

その場の勢いで、私はそう応え、引っ込みがつかなくなった。勇み込んで出かけたゴルフ練習場で、私はバットを振り回す要領でスイング。当たらない、まったくの空振り。もう一度、チャレンジ。やっと当たったと思ったら、おしっこのような弧を描きボールが足元にポロリと転がっただけだ。

それからというもの、私はますます焦り、何が何だかわからない酩酊《めいてい》状態に陥ってしまった。「平静の我はどこに行った」。件《くだん》の女性編集者は、ニタニタ笑いながら私を見ている。でも、その笑いの中に、私へのいたわりと、してやったりという得意の表情を見つけた時、私はすべてが彼女の取り計らいであることを悟った。私は彼女にうまく乗せられて、ゴルフへ誘われたことになる。

でも今では感謝の気持ちでいっぱいだ。私は、ゴルフの中に美を、「静」の美を見いだし、わがままを通せない、というより、わがままを取り払い無心になった時に、見違えるほどの結果が出せるスポーツがあることを発見したからである。「ゴルフってヤツは」、本当に奥が深い。

クラブを振ってまだ3年くらい。グリーンでのお披露目から2年ほどだろうか。私のゴルフ歴は、やっと始まったばかりだ。しかも、まだまだ練習の機会も、コンペへの参加数も少なく、ゴルフの初心者の域を出ているわけではない。それでも、最近では空振りやチョンボ、OBも少なくなり、それなりに安定した力を発揮できるようになったのではないだろうか……。もちろん、スコアはまだまだ話にならないが。

にもかかわらず、小心な割には、ふとどき者の何かが騒ぐのか、知り合いの作家・伊集院静氏にゴルフ果し状を出せるぐらいの実力者になりたいと思っている。とはいえ、今の実力では、伊集院の御大、歯牙にもかけてくれないか。

熊本を舞台に、疾風怒濤の映画デビュー

小さい頃からの映画好きがこうじて、いつか映画に出てみたいと思ってきた。通行人Aのような端役でもいい。できれば、憎たらしいちょい役のワルでもやってみたい。そう思っていたら、何とお声がかかったのだ。それも、ヒットメーカーで、今をときめく映画監督、行定勲《ゆきさだいさお》さんからの依頼である。私は内心、どぎまぎしながらも、天にも昇る心地だった。

喜びながらも、どうして映画『GO』や『世界の中心で、愛をさけぶ』（セカチュー）など、数々の注目作品を世に出してきた気鋭の監督が、私のような「ど素人」に声をかけてくれるのか、訝《いぶか》しく思わざるをえなかった。きっと何かワケがあるに違いない。

そのワケは、こうだ。

熊本県が地方創生の一環として、熊本出身の行定さんに、熊本を舞台にした、熊本出身

の出演者による映画製作を依頼し、それで同郷の私に白羽の矢が立ったらしい。もちろん、端役かちょい役に決まっている。私はそう踏んでいた。

ところがどうだ。何と私は主役の一人になっていたのである。ストーリーはこんな具合だ。高校生の頃、映画づくりに励んでいた友人と恋の鞘《さや》当ての末に失恋し、上京して映画監督になった中年過ぎの「謎の男」が、映画のロケで来熊。かつての憧れの女性の娘と淡い恋のやり取りの末、熊本を後にするというノスタルジックなラブストーリーだ。タイトルは『うつくしいひと』。そして私の役どころは、その謎の男だったのである。

これにはさすがに私もおじけづいてしまった。しかも脚本を読んでみたら、とうてい「ど素人」に務まるわけがないようなセリフが随所にちりばめられている。困った。しかし、もう遅い。すでに映画の準備は着々と進み、東大時代の同僚の教員でもあった蒲島郁《かばしまいく》夫《お》県知事もご満悦と聞き、もはや万事休す。もうやるしかない。出たとこ勝負でいくしかなかった。

撮影は、熊本市内の小さな本屋さんや江津湖《えづこ》、夏目漱石記念館や熊本城、菊池水源に雄大な阿蘇の草千里《くさせんり》など、熊本の名所・旧跡を舞台に進行した。何よりも驚いたのは撮影や設営、小道具や化粧など、実に多くの数のスタッフが監督の号令一下、黙々と自分の与えられた仕事に専念し、整然と撤収して次の仕事に取りかかる手際のよさだ。それはマニュアル化の可能な、デジタルの世界とは無縁の、熟練と経験がモノを言う超アナログの世界であり、スタッフの一つ一つの動きに私は感動せざるをえなかった。

その感動が見えないさざ波となって私の心に伝わり、いつの間にか最初の緊張は解け、いつしか自分も撮影現場にとけ込んでいたのである。

ヒロインの娘役の橋本愛さんの忍耐強い対応があったことも大きかった。日本を代表する大女優になりそうな若手のホープは、まだ20歳になったばかり。でも俳優としては彼女が先輩である。NGを繰り返す私を、ただ我慢強く見守ってくれたおかげで、私はつい調子に乗り、気がつくと、もっともらしくセリフを言えるようになっていたのだ。

もっとも、熊本市内の小さな本屋さんで、橋本さん扮する、憧れの女性の娘と初めて対面するシーンでは、セリフもしどろもどろ、しかも変なところで語尾を上げたり、何度、NGを食らったことか。それでも、監督も、共演者も、焦らずに私の持ち味が発揮できるまで待ってくれたのである。それで少し落ち着いたのか、ヒロインと水源近くをデートする場面では、スタッフや付き人、監督からも、「出来すぎ、ヤバイ」という褒め言葉をいただくことになった。

訪れた水源地は、ずっと昔、小学生の頃、憧れの転校生も参加した遠足の場所であり、季節も同じ秋だった。そして何よりも相方の橋本さんが、どこか憧れの彼女と似た風情があり、私はいつの間にか過去にタイムスリップして、役にのめり込んでいたのである。

こうして、1週間ばかり、疾風怒濤《しっぷうどとう》の日々が続き、終わってしまうとホッとすると同時に何だか寂しくなる。それから数カ月後、監督はやや興奮気味にこう言った。

「姜さんいいですよ、とてもいいんです。思った以上にいいんですよ。いい味出しているんです。観てから勘違いしないでくださいね。自分も俳優になれるって。でも間違いなくオファーがあるはずです」

「今後は肩書は俳優にするか」。気鋭の監督にほめられ、お調子者の私は、どこまでも舞い上がっていきそうだ。

タクシーは移動する小さな世界

普段、タクシーを利用しない日はないほど、タクシーにはいつもお世話になっている。もちろん、山手線や地下鉄なども利用することはあるが、新聞社やラジオ局、テレビ局や出版社など、リアルタイムの時間に制約される約束がある時などは、もっぱらタクシーのご厄介になっている。

海外に行けば、すぐわかることだが、見知らぬ場所に向かうのに、タクシーを利用する時、誰もが一抹の不安を覚えるに違いない。確実に、安全に、リーズナブルな順路で目的地まで自分を運んでくれるだろうか？　運転席のミラーに映るドライバーの顔をそっと盗み見したくなるものだ。ドライバーの荒れた運転やぞんざいな言動があれば、乗客はきっと不安になるに違いない。

その点、日本の場合、まずそうした心配はない。むしろ、時には鬱陶《うっとう》しいほど親切で、後ろに座っても気遣いがありありとわかるドライバーも多く、日本のタクシーに乗って不安になったことはほとんどない。

むしろ、少々、閉口するのは、気さくでいかにも人のよさそうなドライバーだ。その上、おしゃべり好きだった場合には、まるで長年の知り合いのような砕けた空気になり、初めから目的地までおしゃべりが途絶えることはない。

何時《いつ》ぞやは、行き先を告げる声で私だとわかったと言うドライバーは、いっこうに上向かない景気で水揚げが減って仕方がないと愚痴ることしきり。いったいアベノミクスはどうなっているのだ、お偉い人は生きた景気がわからない、政治家は甘い汁を吸っているのではないかなど、テレビの評論家顔負けの辛口批評をひとくさり。

私は、次の打ち合わせの資料に目を通しつつ、「ふんふん、そうですね……」「ええ、そうですよ……」と相槌を打つが、しまいには面倒くさくなり、「ああ……」とか、「ええ……」とか短い言葉で応じるだけだ。とはいえ、人のよさそうな運転手さんで、私の大のファンとくれば、無愛想な返事では気がひけてしまう……。そんな矛盾した思いで目を向けると、本人は片手でハンドルを操りながら、家族団欒の写真を取り出して、自慢の娘を見てくれと言う始末。おいおい、運転は大丈夫かとヒヤヒヤものだ。

こうして散々、講釈を聞かされた挙句、やっと目的地に着くと、降り際、先生の大のファンだから、ここにサインをしてくれないかとおねだりを受ける羽目になった。私の中のちょっとした葛藤などつゆ知らず、図々しくもそんなことまでと思いつつ、しぶしぶアルバム帳の余白にサインをし、手渡すと、件のドライバーはまるで小さな宝物を扱うようにうやうやしくダッシュボードの中に仕舞い、「カムサハムニダ（ありがとうございます）」と片言の韓国語でお礼を述べてくれた。

「先生、応援してますよ」

その弾むような声に、湿っぽい曇り空のような私の心の天気模様に薄日が差し込んでくるような爽快な気持ちになったのである。動く世間のようなタクシーに励まされると、落ち込んだ心の情景も少しは明るくなるようだ。

「生き生きと斜陽」する活字文化

新聞や出版、通信社の集まりで、時おり、そうした業界の将来について質問されることがある。私の答えは決まっている。「太宰治です」。「そのココロは?」と問われ、「斜陽」と答えると、決まって参加者から自嘲的《じちょうてき》な笑いが聞こえ、やがてため息がもれる。

しかし、私は本や新聞などの紙媒体を中心とする活字文化の未来に決して悲観的ではない。人間が言語なしには、考えたり感じたりできない以上、活字文化がなくなることなどありえないからだ。問題は、それを支える「産業」が現状維持のままでいる限り、「文化産業」としての未来は決して明るくはないということだ。

それでも、斜陽は斜陽でも、緩やかに、伸びやかに、そして長い時間をかけて、下り坂を少しずつ楽しむように踏みしめていく斜陽もあるはずだ。

そんなこともあって、私は作者の立場で、「生き生きとした斜陽」の「文化産業」に貢献できたらと願ってきた。その願いが通じたのか、私の新書『悩む力』は、ミリオンセラーの売れ行きをはじき出すことになった。

これには、何よりも私が驚いた。私の最初の学術書が500部で、それが完売したと知った時、天にも昇る気持ちだったことを思うと、新書とはいえ、ミリオンを超えるなど、想像もできなかったからだ。

拙著が良書だからミリオンセラーになったわけではあるまい。しかし、『悩む力』は時代の空気をつかむ言葉であり、読者の心に響いたからこそ、多くの読者を獲得しえたに違いない。当然のことながら、ミリオンセラーは出版元の会社を潤すことになるし、何よりも私にとって「僥倖《ぎょうこう》」であったことは間違いない。それだけにとどまらず、「～の力」というタイトルの本が続々、世に出て、出版界に潤いの雨をもたらすことになった。

斜陽でも、「生き生きとした斜陽」があることを実感した私は、以来、新刊本を出すたびに、首都圏や大都市圏だけでなく、北海道や東北、中国、九州などの大型書店や町の本屋さんでのサイン会に応じるようにしている。

1冊の本が、著述から始まり、編集、校正、デザイン、広告、印刷、販売、流通を経て、書店に並べられ、そして読者の手に届く。

その共同作業の中で、何よりも取っかかりとなる編集者の作業が最も重要だ。この著者なら、この著者の書くものなら、きっと売れるに違いない。こんな目利きができる編集者は、時代の空気を嗅ぎ取る鋭敏な感覚をもっていると言える。しかし、それだけでは、まだ編集者というには不十分だ。やはり、凄腕の編集者は、書き手の眠っている能力を引き出し、時には知らず知らずのうちに書き手を俳優のように操る監督に近い力量を発揮してくれる。しかも、ただ時代と添い寝をするような迎合的なものだけでなく、時には時代を、その空気を挑発するようなものを書き手に嗾《けしか》けることのできる人物が、辣腕《らつわん》の編集者なのだ。

もっとも、私の場合、遅筆で怠け者の性分もあり、私の至らない「余白」を埋めてくれるマメな編集者がいると、コロリと参ってしまうようだ。

かなりの数の新書などを出し、そのためのプロモートにも付き合うようになって痛感するのは、1冊の本にまつわる「裏方」あるいは「黒子」の存在の大きさだ。その最たるものが、営業担当者だ。営業ほど、世間の本の評価を熟知している部署はない。しかも、売り込もうとする新刊本に実際に目を通し、これはと思うものがあれば、市場のリサーチの結果などにお構いなく、積極的に展開してくれる営業マン（ウーマン）がいるのは心強い。

サイン会の書店などで、合間、彼らと話をするのがとても楽しみである。これも、ラジオやテレビでは味わえない、本というリアルなものを介した醍醐味かもしれない。

いずれにしても、編集者や営業担当者も含めて、多くの出版のプロの介在なしには、1冊の本も、読者の目に触れることはないのだ。特に、サイン会で思い知らされるのは、書店の店員さんの働きかけだ。彼らの目利きと本に対する愛着が、書店での1冊の本の身の置き場所を決定するからである。

もちろん、最大の支えとなるのは読者だ。1時間近くも順番待ちでサイン会の列に並び、しかも1時間も2時間も電車に揺られて会場にたどり着いたという読者の顔を見るたびに、私は自分の心が洗われていくような気持ちになる。

米寿を迎えた母親の依頼でサイン会に駆けつけたらしい中年の女性、私と同じような年配の夫婦連れ、おばあちゃん、その娘、孫の3世代、進路に悩んでいるらしい大学生、勤め帰りのサラリーマン、さらにかつての私の教え子や旧友など、実に年齢も性別も、職業もまちまちな読者が、私としばし会話を交え、サインの後に固い握手をするのである。そのたびに読者からいただく激励の声に、私はどれだけ慰められ、勇気づけられることか。

そんな心地は、テレビやインターネットではとうてい望めない至福の時間である。私は、それが楽しみで、また新しい本に挑戦しようと思うのだ。1冊の本はかけがえのない存在だ。それは人と人とをつないでくれる絆である。

自分のテンポで大丈夫、スローで行こう

今やお笑い芸人やタレントが、文学賞に輝く作品を書いたり、硬派の報道番組の司会を務めたりする時代、さすがにテレビなどのメディアに登場する大学教授や評論家を「タレント教授」や「タレント文化人」などと貶《おとし》める風潮はなくなりつつある。でも、ほんの10年ほど前まで、テレビに登場する識者や大学教授は軽佻浮薄《けいちょうふはく》な「タレントもどき」と冷笑的に見られる時代があった。

ほかでもない、私もまた、そんな色眼鏡で見ていたのである。学識があり、深い洞察力と批判精神に裏付けられ、「自由に浮動する」独立した知識人。そんなインテリは、テレビごときに顔を出す「電波芸人」に身をやつすわけはないし、テレビに出たがる大学教授などにろくなヤツはいない。そんな妙な確信が、私の中にデンと座っていたのだ。

でも、いつの間にか、私がその類《たぐい》の「タレント教授」と見られるようになったのだから、

皮肉としか言いようがない。そのきっかけになったのは、田原総一朗氏司会の討論番組「朝まで生テレビ！」（テレビ朝日系）だ。

1991年の年明け早々、「湾岸戦争」へのカウントダウンが始まりつつあった頃、私はある硬派の雑誌に戦争の正当性を問う論考を発表し、それが番組のディレクターの目に留まり、出演を依頼されたのである。まだ、国際基督教大学の教授であった頃のこと、私はぽっと出の野うさぎのように、辺りをキョロキョロ窺《うかが》いながら、慣れないテレビ・カメラの前に座ることになったのだ。

とにかく、スタジオのライトが眩しく、汗ばむほどの暑さに閉口した。しかも、大島渚さんや野坂昭如さん、西部邁《すすむ》さんなど、名だたる猛者《もさ》に囲まれ、テレビという媒体の余りにも速いテンポと「口撃」の凄まじさにすっかり怖気《おじけ》づいてしまった。

何か発言しなければ……。焦るばかりで、言葉は上ずったまま。でも、一言、一言、深呼吸しながら、絞り出すように、私は持論を述べた。きっと何かぼそぼそと低い声がスロー・テンポで耳に届いていたに違いない。

それでも、気がついてみたら、罵倒するような「口撃」は静まり返り、私の声だけがスタジオを支配していたのである。

内心、狐につままれた感じだった。それでも、私には、生来の天然の声が、テレビのめまぐるしく変わるテンポと完全にミスマッチを起こし、いくつもの小さなハレーションをつくり出しながら、しかし何やら新鮮な空気を広げつつあることがわかった。これが私のテレビ・デビューだった。

それ以来、私はテレビとは付かず離れずの関係を維持し、さまざまなジャンルの番組とかかわりを持つようになった。そんなわけで私は、「タレント教授」のカテゴリーに分類されるようになったのだ。当初、そう呼ばれることに、内心、反発がなかったわけではない。しかし、ある時から揶揄《やゆ》のニュアンスを含んだ言葉を意に介さなくなった。というより、大学や研究の「干物」の世界と、新鮮さが勝負のメディアやジャーナリズムの「生もの」の世界を行ったり来たりするスタイルをより積極的に選びたいと思うようになったのだ。そこには、話し言葉に対する強い憧れのようなものが潜んでいたのかもしれない。

思春期に私は、軽い吃音《きつおん》に悩まされた経験がある。人前で話す時、言葉の冒頭に母音があると、ちょっと手こずってしまい、ぎこちなくなってしまうことがあった。その悩みは、大学に入り、やがて学生サークルの集まりなどで話をするうちに、いつの間にか消え失せていた。生涯の親友を得、心の中に鬱積したものを吐き出す相手に恵まれることで、軽めの吃音はなくなっていたのだ。

それでも、そうした経験があったため、私にとって、人前で話をすることそれ自体、一つの「才能」のように思えたのである。そんな能力が身についたら、どんなにいいだろう……。劣等感の混じった憧れが現実になるかもしれないチャンスが、舞い込んできたのである。

立板に水とは違った、吃音に悩んだ末の、訥々《とつとつ》とした言葉、スロー・テンポで発せられる言葉。それが、最も私らしい。速くなくても、大きな声でなくても、聞き取りやすくなくても、大いに結構。スローで行こう。それは声だけでなく、私の人生のテンポを示しているようだ。

第2章 時代を見抜く

九州連合体が日本を元気にする

未曾有の大災害が日本を直撃した。いや、そんな使い古された言葉では表現できない。まるで陸地の一部がごっそりと海の中にさらわれたような惨状だ。どれだけの人命が失われ、どれだけの数の家屋が消失し、どれだけの人々の希望が奪われてしまったのだろうか。がれきの山をさまよう少女の姿を写した報道写真は、人々の悲しみと絶望の深さを象徴している。

自然の猛威に打ちのめされた東日本。しかし、それとは対照的に九州は新幹線の開通に沸いていた。

震災と津波、そして原発事故の恐るべきトリレンマ（三重苦）が東日本を襲っていた頃、私は故郷の熊本県の新玉名《しんたまな》駅にいた。九州新幹線の開通を祝うセレモニーを取材していたのだ。しかし、ただならぬことが東日本で起こったという凶報に、ハレの舞台は暗転せざるをえなくなった。想像を絶するような被害に、九州だけでなく、日本中が喪に服したい気持ちに違いない。

しかし、こんな時だからこそ、打ちひしがれた東日本の被災地の人々にエールを送るためにも、九州は元気でなければならない。意気消沈した日本を牽引《けんいん》するほどの気概をもった九州のビジョンを示すことができれば、それは必ずや東日本、ひいては日本復興のダイナミックな原動力になるに違いない。

それでは、そのために何が必要なのか。答えは明瞭だ。地域ごとの足の引っ張り合いをやめ、九州を一つの連合体にして東北アジアのダイナミズムを引き込むことだ。この場合の東北アジアとは、日本、中国、韓国の3カ国を中心とする広域的な経済圏を指している。この地域内の経済的な相互依存のシステムは、世界経済の中核の一つに数えられるほど巨大化し、域内のヒト、モノ、カネ、文化、情報などの越境的なネットワークは、日本列島に新たな活力を生み出しつつある。

少子高齢化が進み、労働力人口の逓減《ていげん》とともに、慢性的なデフレ経済に陥りつつある日本にとって、そのような東北アジアのダイナミズムを地域の中に取り込めるかどうかが21世紀の命運を左右することになるだろう。

そしてその鍵を握るのが、九州である。なぜなら、地政学的に九州が、東北アジアのダイナミズムを日本に引き込むゲートウェイになるからだ。

なるほど九州内には上海や北京、ソウルや釜山に匹敵する1000万人、あるいは数百万人規模の国際都市があるわけではない。しかし、九州をまとまった面で考えれば、その人口規模や経済力、自然資源やマンパワーなどで、中国や韓国あるいは台湾の首都圏に引けを取らない潜在力を秘めているのである。九州をタテに結びつける九州新幹線鹿児島ルートの全通は、そのような九州連合体に向けた第一歩になるはずだ。

今後、この九州のタテの大動脈とヨコのアクセスとを有機的につなぐ回遊型の交通システムを整備し、それを地域の観光資源に結びつければ、九州は東北アジアの目覚ましい観光スポットとしても注目されるに違いない。このような県境を超えた連合体としての九州というビジョンこそ、オール九州が目指すべき未来の姿にほかならない。そのためには、まず各県の代表者を中心とするラウンドテーブルを開催し、「九州特別州」の創成に向けた受け皿機関の設立を推進していかなければならない。

それが将来、ミニ欧州議会のような立法機関に発展すれば、それに対応する九州連合体長、あるいは九州知事を選出し、独自の財源や権限などを備えた新たな連合自治体、あるいは九州政府が誕生することも可能だ。こうして九州全体の資源やマンパワーの配分、産業や物流の拠点づくり、交通・情報ネットワークの整備、さらに文化や教育の拠点づくりなどが地域的かつ包括的な視野から達成されるに違いない。

もし、九州連合体がヨーロッパ共同体のミニチュア版として日の目を見れば、アジア・ゲートウェイとしての九州の役割は、飛躍的に大きくなっていくはずだ。そして将来、玄界灘に海底トンネルが開通し、九州と韓国が地続きで結ばれれば、東北アジアに物流・人流の革命的な変化が起こり、それが地理的な舞台転換となって、九州を東北アジアのハブに押し上げることになるかもしれない。それは決して夢物語ではない。

（2011年3月20日）

「東アジア安全共同体」が日中韓を守る

日中韓（日本・中国・韓国）の3カ国首脳が満面の笑みで会見する光景は、近年なかったことだ。東日本を襲った未曾有の大震災と原発事故をきっかけに、原子力の安全や防災面での3カ国の協力強化が謳《うた》われ、廃《すた》れかかっていた東アジア共同体のビジョンとそれへの取り組みが息を吹き返しそうだ。

このような機運を盛り上げていくために、私は「東アジア安全共同体」のビジョンを提唱したい。このたびの大震災と原発事故から明らかなことは、大量の電気エネルギーの安定的な供給に支えられた経済システムが、同時に巨大なリスクを背負っているということである。このリスクをいかに低減、分散、共有し合うのか、このことが今後の東アジア3カ国の安全と平和にとってきわめて重大なテーマになっているのである。

九州に近い韓国南部の古里《コリ》や月城《ウォルソン》には数基の原発が稼働中であり、中国では韓国の西海岸と向かい合う地域にかなりの数の原発施設が建設中である。これらの原発に地震や津波、その他のアクシデントや破壊行為で東京電力福島第1原発事故と同じようなことが起こらないとも限らない。その場合、放射性物質が拡散することになれば、偏西風に乗って韓国や九州にも甚大な被害をもたらすことになるはずだ。

最近では、韓国の古里原発3号機に福島第1原発と同じような原発事故が起きた場合、気象条件によるとはいえ、西日本を中心に最大で2830万人の避難が必要になるという試算（米シンクタンク、天然資源保護協会＝NRDC）もあるほどだ。

この意味で、原発をめぐるリスクは、国境を越えた脅威として、共同でこれに当たる必要に迫られているのである。そう考えれば、原発推進か反原発かを問わず、まず3カ国間に欧州原子力共同体（ユーラトム）のような原子力の安全管理と人的交流、さらに緊急時の支援体制づくりに向けた共同作業の枠組みづくりが必要ではないか。

もとより、ユーラトムはその設立目的として、原子力に特化した市場の創設や原子力エネルギーの開発、さらに、余剰エネルギーの非加盟国への売却など、脱原発や反原発の方針にそぐわない面がある。しかし、設立条約では、人間の保護のため、環境への影響が他国に及ぶ可能性を報告しなければならないという国境を越えた義務を定めており、東アジア3カ国の共同体づくりにも参考になるはずだ。

それでは、そうした東アジア版のユーラトムをあえて「東アジア原子力共同体」と呼ぶとすれば、日本の、九州の果たせる役割は何であろうか。

1900年代以降、世界で起きたマグニチュード8以上の巨大地震について発生地の分布を見ると、そのうちのかなりの部分が日本列島に集中している。そもそも、日本列島は、原発という、一度災害や事故に見舞われれば、計り知れないリスクを覚悟しなければならないエネルギー源の開発に適していないのだ。だとすれば、そのような自然条件を逆手に活用できるエネルギーの開発を積極的に推し進めていくべきである。

その一つが、地熱発電だ。太陽光や風力エネルギーに比べて天候や気候条件に相対的に左右されにくい地熱エネルギーは、火山や温泉の多い九州には最も好適の自然エネルギーであり、二酸化炭素（CO_2）の排出量も少ない。

もっとも、開発リスクや初期開発コストが大きく、また有望な地熱資源が国立・国定公園内に集中し、さらに湯量の減少や温度低下の恐れがあるとして温泉業界の反対も多く、地熱発電は九州地域で生産可能な電力総量の2%ほどにすぎない。だが、いくつかの規制やルールを改正し、温泉業界との共存を図るとともに必要な開発コストへの公的援助があれば、九州は地熱エネルギーの中心的な供給源に発展する可能性を秘めている。
こうして「東アジア原子力共同体」をベースに、まず過渡的措置として、日中韓3カ国の原子力エネルギーの国境を越えたセーフティーネットを張り巡らすとともに、余剰原子力エネルギーの供給体制を構築する。さらに20年ほどかけて、原子力エネルギーに代わる自然エネルギーを3カ国が協力して開発すれば、この地域に「東アジア安全共同体」が形成されることも決して夢ではない。その場合、九州は地熱エネルギーの最大の供給源として、この共同体の中で独自の地位を占めることになるはずだ。九州の存在はますます重要になっているのである。

（2011年5月29日）

求められる国際通貨体制の見直し

2014年5月12日のニューヨーク株式市場の大幅続伸で、世界同時株安は一服した感があるが、世界的なドル離れは収まらず、超円高の為替相場が当分、続きそうだ。世界経済の混乱は、東日本大震災後の景気回復に向かおうとしている日本経済の足元を揺るがしかねない。

マーケットの混乱は何によってもたらされているのだろうか。表面的な景気変動にとどまらず、より根本にまで遡《さかのぼ》って考えれば、戦後の世界経済を支えてきた国際通貨体制である「ブレトンウッズ」体制が綻《ほころ》んでいるにもかかわらず、依然としてなお米ドルという一国の通貨を基軸に国際経済が回っていることにある。

大戦末期の1944年、アメリカ・ブレトンウッズで連合国が開催した会議で合意した「ブレトンウッズ」体制では、基軸通貨のドルは金と、それ以外の通貨はドルと一定レートで交換する固定相場制を採用し、国際通貨体制を支える機関として、国際通貨基金（IMF）などが設立された。金との交換性を維持した米ドルを基軸に、戦後の世界経済は繁栄を謳歌《おうか》してきた。その恩恵に浴してきたのが戦後の日本だ。

だが、71年、ニクソン米大統領はドルと金の交換停止を宣言。いわゆる「ニクソン・ショック」である。60年代のベトナム戦争などの膨大な戦費で、米国の経常収支の赤字が膨らみ、ドルの金との交換性が維持できなくなっていた。

これでブレトンウッズ体制に綻びが生じてくる。米ドルへの信認が揺らぐとともに、変動相場制への移行が決定的になったからだ。この時すでに、今回の米国債格下げとドル離れの兆候が、はっきりと表れつつあったのだ。

それから40年、世界経済に占める米国の役割はますます縮小し、新興諸国が急速な成長を遂げるなど、多極化は避けられなくなりつつある。明らかに、ブレトンウッズ体制という制度と、世界経済の多極化という実体との乖離《かいり》は埋められないほど広がりつつあるのだ。マーケットの混乱は、それを示すシグナルである。

このような混乱をいち早く予想し、一国の通貨に頼らない世界共通の通貨創出を提案したのが、ジョン・メイナード・ケインズだ。

ブレトンウッズ会議で英国の代表を務めたケインズは、金など30種類の基礎財をベースにした国際通貨「バンコール」の創出を求め、同時に信用創造機能を有する国際中央銀行の創設を提唱した。だが、ケインズの提案は容《い》れられず、短期資金の融資を手掛けるＩＭＦと長期的な資金援助をする国際復興開発銀行（ＩＢＲＤ）、米ドルを基軸とする通貨体制が出来上がってしまった。

それでもケインズの「バンコール」は、67年のＩＭＦ総会による特別引き出し権（ＳＤＲ）創設に一部、実現されることになった。

ＩＭＦの出資金に比例して配分されるＳＤＲは、加盟国の準備試算を補完する手段として創設された国際準備試算であり、その価値は主要な国際通貨のバスケット（加重平均）によって決定され、世界の貿易および金融取引の実態を反映していると言える。

世界経済の混乱を終息させ、安定した世界経済への軌道修正を図っていくためには、中長期的にケインズの「バンコール」構想に新たな生命を吹き込むことが必要となってくるのではないか。20カ国・地域（Ｇ20）を中心とする現代版「バンコール」の創設やＩＭＦの改革が進まず、現在のような動揺が今後も続くとすれば、かつて、米国やＩＭＦの反対で頓挫した、アジア通貨基金（ＡＭＦ）構想の実現に乗り出すべきではないか。

日本が提唱したこの構想は2000年5月、通貨交換協定を強化する「チェンマイ・イニシアチブ」となって、東南アジア諸国連合（ASEAN）＋日本、中国、韓国の3カ国による域内協力体制へと発展している。だが、本格的な東アジア版「バンコール」の創出を目指し、域内の貿易・為替・金融の安定に努めるべきだ。

それは、将来の新しい国際通貨「バンコール」を創設する踏み台になるに違いない。日本は、短期的にはドル暴落を防ぐための措置を施しつつ、中長期的には東アジア版「バンコール」の創設に主導的な役割を果たす必要がある。日本の役割は依然として大きいのだ。

（2011年8月14日）

九州の可能性を広げる日韓経済連携

ユーロ経済圏の危機と米国経済の不振が重なり、世界同時不況あるいは世界恐慌が現実味を帯びつつある。日本でも、超円高で株式市場は低迷し、日本を代表する優良企業の株価は下がる一方だ。今後も円高基調が続くとすれば、企業の本格的な海外移転は避けられず、国内経済の空洞化が懸念されている。

そんな中、東日本大震災以後、投資や合弁などで日本企業の韓国進出が活発になりつつある。理由はいくつかある。

第一にサムスンやLG、現代自動車など、韓国のグローバルな企業への安定的な部品や素材の供給を目指す日本企業が増えつつあるからだ。

第二に、すでに発効している欧州連合（EU）との自由貿易協定（FTA）に加えて、米国とのFTA批准を控えた韓国は、東アジアのFTAのハブになりつつあり、円高にあえぐ日本企業にとって生産輸出拠点としての韓国の魅力がこれまで以上に大きくなっているからだ。

第三に、韓国通貨のウォンがドルに比べても弱含みに推移し、法人税率が低く、電気代などインフラ関係のコストや人件費も相対的に割安な韓国は日本企業にとって魅力的な進出先になっているからである。

第四に、インフラが整備され、高い技術水準や労働力を備えた韓国は、その地理的な利便性も加わって、震災や電力不足を避けたい日本企業にとって重要なリスクヘッジのパートナーになりつつあるからだ。

以上のような日韓の経済連携の新たな深まり、拡大とともに、日韓の間の構造的な貿易不均衡を是正する兆しが表れつつある。２００４年に中断したままの日韓ＦＴＡ締結交渉の最大の障害は、韓国側からみれば、膨大な対日赤字の累積にある。その原因は、日本に比べて素材・部品産業が脆弱《ぜいじゃく》な韓国経済の構造的な問題にあるが、韓国に対する日本企業の合弁や投資の拡大とともに、高度な素材・部品産業の技術移転や共同開発が進み、対日輸入代替効果が望めることで、貿易不均衡を是正する可能性が出てきたのだ。

それでは、こうした日韓の経済連携の質量にわたるレベルアップは、九州経済にどんな影響を与えることになるだろうか。

今後、日韓FTAが締結されれば、九州の米作や野菜、果物、牧畜や畜産などの農業や養殖を含めた漁業など、第1次産業に与える影響が懸念される。また韓国側が建設企業の日本進出をオープンにすることを求めており、日本の建設・土木関連企業にも一定の影響が出てくるかもしれない。ただし、こうした問題は野田政権が進めようとしている環太平洋連携協定（TPP）でも、より深刻に取り上げられるはずで、日韓のFTA交渉だけに限ったことではない。

だが、日韓のFTA締結は、九州経済にとって悪いことばかりではない。いやむしろ、九州経済の中・長期的な展望から見れば、その活性化につながる点が多いのではないか。

第一に、FTAのハブとなる韓国との地政学的な近さは、九州が韓国市場への企業進出の拠点になることを意味しており、海峡を隔て5000万人近くの新興市場に隣接する九州の戦略的な意義は、ますます大きくならざるをえないはずだ。

第二に、海峡を内海とするような韓国と九州の経済的な一体化が進み、中国や東南アジアへの共同進出の可能性が開かれるとともに、九州が名実共に東アジアのゲートウェイとして重要な役割を果たすことになるのである。

第三に、ウォン安が是正され、対円レートでもその格差が縮まってくれば、韓国からの観光やビジネス、就業など、人的交流はもっと拡大し、観光資源の豊富な九州にとって計り知れないメリットがあるはずだ。

以上のような点を考慮に入れると、九州経済の未来にとって、一方で内需主導型の地域経済を活性化する道を模索するとともに、他方で日韓の経済連携をより拡大・進化させていくことが必要とされている。欧米経済の低迷と、東日本大震災以後、九州の地政学的な優位性はますます大きくなりつつある。

もちろん、こうした日韓連携に影を落とす、過去の歴史問題や領土問題など、数々の懸案が日韓の間に横たわり、国民感情のすれ違いや摩擦も加わり、日韓の間に求心力だけでなく、むしろ対立、疎隔の遠心力も同時的に働いている。しかし、長い目で見れば、両国は、ウィン・ウィンの関係のほうが優っているはずだ。一時的な揺れ戻しに一喜一憂せず、両国の間の懸案をうまくコントロールしつつ、両国のパートナーシップを深めていくことが望まれる。

（2011年10月16日）

独裁国家・北朝鮮リスクへの向き合い方

冷戦終結から二十余年。新しい年になって世界はますます不透明感を増しつつある。とりわけ、北東アジア地域に視界不良の危機的な事態をもたらしかねないのは、金正日《キムジョンイル》国防委員長死去後の北朝鮮の行方だ。ただ、独裁者の突然の死にもかかわらず、権力の継承は淡々と進み、ポスト金正日体制に格別の異変は見られない。

それにしても、もう2、3年もすれば、金日成《キムイルソン》主席の死去から実に20年がたとうとしているのである。その間、金正日体制の崩壊は近いという予測が繰り返し語られ続けてきた。にもかかわらず、北朝鮮は崩壊せず、度重なる瀬戸際外交を繰り返してきたのである。

北朝鮮は変わるべきだ、独裁は終わらせなければならない。そうした「願望」を投影させれば、北朝鮮は崩壊の瀬戸際にあるボロボロの破綻国家に見えてくるに違いない。日本ではこうしたイメージがメディアに氾濫し、また「将軍様」やその取り巻きなどを戯画化し、笑いのタネにすることも当たり前になっている。

確かに、北朝鮮では、ミニ・スターリン体制の恐怖政治が敷かれ、ミャンマーやその他の独裁国家を上回る過酷な人権弾圧が続いている。この限りでは、北朝鮮という国家体制にいささかの同情の余地もない。

しかし残念ながら、北朝鮮という国家は存在しているのだ。そして今後も、当分、崩壊することはないと考えたほうがいい。その理由は、いくつかある。

まず、北朝鮮は孤立しているという多くの日本国民の思い込みに反して、EU諸国の主要国をはじめ、世界の160近くの国や地域と外交・通商関係を維持しているのである。

第二に、北朝鮮の貿易総額の7割以上を占める中国が、今後も経済的に北朝鮮を支援することは間違いないからである。北朝鮮問題は、中国にとって台湾問題と並ぶ、いやある意味でそれを上回る重要な国家の安全保障の根幹にかかわる喫緊《きっきん》の問題なのだ。在韓米軍との直接的な対峙を避ける緩衝地帯として、北朝鮮は中国にとってその安全保障上、死活的な位置を示しているのである。

第三に、食糧不足やエネルギーの慢性的な危機にもかかわらず、北朝鮮経済は1990年代の半ばの最悪の時期を過ぎ、わずかではあるが成長を維持し、インフラの復旧が始まろうとしているのである。

第四に平壌《ピョンヤン》と地方、特権・富裕層と一般庶民との間に天と地ほどの格差があるとはいえ、都市部とその周辺に確実に市場経済が拡大しつつある。

そして決定的に重要なのは「先軍政治」を掲げた金正日・独裁体制の権力基盤である軍内部に金正恩《キムジョンウン》新体制をめぐって亀裂が走っている様子が見られないことである。つまり、「宮廷内クーデター」が起こる可能性は今のところほとんどないと見たほうがいいのだ。

とすれば、北朝鮮は国家として今後、当分存続していくと考えたほうがいい。そのことを前提に北朝鮮リスクと向き合っていかなければならない。

具体的には当面、挑発を繰り返すことになると予想されるとはいえ、最終的には6者協議を再開させ、2005年9月19日の「第4回6者会合に関する共同声明」に盛られている通り、「平和的方法による、朝鮮半島の検証可能な非核化」を具体的に進めていくしかない。

北朝鮮が弾道ミサイルに核弾頭を搭載できるような事態など、中国も含めて、北朝鮮以外のどの5カ国も望んではいないはずだ。それを阻止し、北朝鮮を忍び足であれ、改革開放へと進んでいく方向に誘導していくしか残された道はない。

もっとも、北朝鮮にとって、独裁国家のリビアやイラクの二の舞にならないためには、核保有しかなく、核弾頭搭載のミサイル開発を進めれば、米国の攻撃を防げるだけでなく、あわよくば核保有国として米国と対等の取引ができる。北朝鮮の執行部は、そのように固く信じている節があり、北朝鮮の核放棄はそう簡単ではない。しかし、万が一にでも、武力衝突となれば、それは第二次朝鮮戦争にまで拡大する可能性があり、その場合の被害と犠牲は、信じがたい規模に膨らむはずだ。好戦的な米国の指導者といえども、二の足を踏まざるをえないに違いない。

とすれば、どこかで取引と協議へのきっかけを見つけ、6者協議の枠組みの中で問題解決の糸口を手繰り寄せていくしか方法はないのではないか。

6カ国の共通の関心事である安全保障の問題解決に風穴があけば、休戦条約に代わって平和条約が締結され、米朝正常化とともに、日朝平壌宣言に基づいて拉致問題をはじめ、両国の懸案事項が解決され、日朝正常化へと向かっていくことになるかもしれない。

このような北朝鮮を取り巻く環境の変化とともにさらに改革や開放が進めば、その時はじめて世襲的な独裁体制に本格的な危機が訪れるはずだ。北朝鮮が外部との交流を本格化させ、それを通じて「自由という名のウィルス」が内部に侵入してくる時、確実に異様な独裁体制の終わりが始まるに違いない。
そうした展望も含めて、長期的かつ一貫した北朝鮮リスクへの対応が求められている。
（2012年1月15日）

脱原発を成功させたドイツに学ぶ

東京電力福島第1原発事故から1年余り、定期検査で停止中の原発を再稼働するかどうか、可否を判断する安全基準をめぐって議論がかまびすしくなっている。

放射能汚染は広域にまたがる以上、さまざまな地域が「フクシマ」の教訓を生かした新たな安全基準を求めるのは当然である。だが、同時に、エネルギーの安定的な供給の見通しをどうするのか、その手だてを早急に検討する必要に迫られている。より中・長期的な視点から日本のエネルギー政策について骨太の方針を定めておくことも必要である。

「縮原発」「卒原発」「脱原発」「原発依存からの脱却」など、さまざまな言い回しがあるにせよ、原子力エネルギーへの依存度を減らす方向に動いてほしいというのが、大方の国民の合意ではなかろうか。

問題は、原発の廃炉、使用済み核燃料など放射性廃棄物の中間処理施設や最終処分場の問題なども含め、過渡的なスクラップ・アンド・ビルドのプロセスを具体的にどのように詰めていくのかということだ。そのためには、一定の枠組みと青写真が必要にならざるをえない。この点で参考になるのはドイツの取り組みである。

ドイツが、先進諸国の中でもひときわ目立ったエネルギー政策を採っていることはよく知られている。だが、ローマは一日にしてならず。その取り組みは長い「原子力戦争」を経た成果であって、決して一朝一夕に出来上がったものではない。

ドイツと言えば「緑の党」が思い浮かぶ。1980年、バーデン・ヴュルテンベルク州カールスルーエでの党大会で、新たに連邦議会政党として出発した緑の党。その前後30年以上に及ぶ活動はきわめて波乱に満ちている。「環境保護で結束している緑の党」といった日本でのイメージと違って、党の内外で分裂や対立をもたらすほどの激しさを伴っていた。

原発推進すなわち体制派、反原発すなわち反体制派というイデオロギーの分断線が、時には武器を使わない内戦のような激しさを伴うこともあった。だが、決定的な契機となったのは、86年のソ連（当時）チェルノブイリの原発事故だ。

それは遠く離れたドイツ南部地域を汚染し、ドイツ国民の中に原発事故への強い不安が広がった。一方で、有効な対応策を取らず、情報の隠蔽《いんぺい》などの不手際を繰り返した州政府や連邦政府に対する根深い不信が増幅されていった。

ドイツは、ロマン主義や自然回帰の伝統もあり、近代以降も生態系への関心が広く国民の中に定着している。かといって、過去において「血と大地」といった人種主義的なスローガンのもと、排他的な差別意識を助長することがなかったわけではない。

しかし、右から左までさまざまな勢力を抱えた緑の党内での論争は、そのような偏狭な意識の淘汰《とうた》へと向かい、緑の党の活動は、国民的な広がりを持つようになったのである。このような背景の下で、チェルノブイリを契機にドイツ社会民主党（SPD）も、原発依存からの脱却へと大きくかじを切ることになった。

そして緑の党は、シュレーダー率いるSPDと連立政権を組み、政府の立場から脱原発や自然再生エネルギーの開発、エコロジーに関する国民的な啓発など、環境政策全般に責任を負うようになったのである。

やがて2000年、SPDと緑の党の連立政権は電力会社と「脱原子力合意」をまとめ上げた。その2年後には、原子力廃止の法的な裏付けとなる原子力法の改正案を施行するようになった。

こうした画期的な脱原発法制化の実施を遅らせようとした中道右派連立のメルケル首相も、福島第1原発事故をきっかけに、ミュンヘン郊外のイーザル川の沸騰水型原子炉の運転停止を決断した。

ドイツ取材であらためて驚いたのは、原発が日本のように過疎地域の、ほとんど人の目に触れない場所に設置されているのとは違って比較的目につきやすい場所にあることだ。人々の目の届く範囲内にあることで、原発の存在が常に意識されている、したがってそれへの関心が弱まることはないということなのかもしれない。

現在、ドイツは自国を取り巻く近隣諸国と電力エネルギーを自由に輸出入できるようにすることで、電力不足を補う仕組みを整えるエネルギーの相互供給体制にも積極的に取り組んでいる。こうしたドイツの歴史を踏まえ、未来のエネルギー政策をどうするのか、骨太の議論が望まれているのではないか。

（2012年4月8日）

確かな選択と集中がＴＰＰの行方を決める

野田政権が菅政権から受け継いだ環太平洋連携協定（ＴＰＰ）への参加交渉がもたついている。最近の日米首脳会談では、オバマ米大統領から「非関税障壁」の撤廃を迫られる始末で、難題続きだ。

しかも野田佳彦首相は、２０１２年６月18日からメキシコで開かれる20カ国・地域（Ｇ20）首脳会合でも、ＴＰＰについては一切言及しないつもりらしい。

そもそもＴＰＰへの参加交渉は、通商・貿易政策などで韓国などに後れを取る日本の起死回生の妙案と見なされてきた。また、日本が、米国との事実上の経済連携協定（ＥＰＡ）となるＴＰＰに参加することは、加盟交渉国のオーストラリアやベトナムを含めて、膨張する中国を牽制《けんせい》する多国間連携にも役立つと思われてきた。

一方で、ＴＰＰへの参加交渉の表明は、日中韓３カ国の自由貿易協定（ＦＴＡ）交渉を前進させるテコになるとともに、他方で、３カ国のＦＴＡ交渉を進めることで、ＴＰＰへの有利な参加条件を引き出す狙いもあった。

確かに、その狙い通り、ＦＴＡ妥結に向けて年内に交渉を開始することで日中韓３カ国は合意をみた。

しかし、日本とのＦＴＡ締結に慎重な韓国は、中国との２国間交渉には前向きで、早期の妥結を狙っている。

韓国側の見立てでは、日本がＴＰＰへの参加交渉に突き進んでいくことなど、とても無理であると踏んでいるらしい。韓国側は、ＴＰＰへの参加交渉に日本が前のめりなのは、ある種の外交交渉上のマヌーバー（巧妙な手段）のようなものであり、日本国内には本格的なＴＰＰ参加交渉の条件は整っていないと見ているのである。

平たく言えば、ＦＴＡの参加交渉すらままならない日本が、それよりはるかにハードルの高いＴＰＰの参加交渉に踏み込むことは困難であると読んでいるのである。

実際、消費税増税を含む社会保障と税の一体改革をめぐって国内政局は不透明である。民主、自民、公明３党の修正協議は決着したが、果たして関係法案の成立にこぎ着けるのか、予断を許さない。衆参のねじれに加え、各党の党内事情も複雑。特に民主党は「増税ありき」の執行部の姿勢や3党合意での年金強化策の後退などに反発する議員も多く、党内対立が深まっている。衆議院での採決をきっかけに分裂含みの展開から政界再編へ突き進むこともありえないわけではない。腰を落ち着けて外交に取り組める状況ではない。

FTAを締結するには、韓国がそうであったように、国内の批判勢力を押し込めることができるほどの強力なガバナンス（統治）が不可欠だ。ましてや、関税撤廃が原則のTPPとなれば、利害も大きく、韓国で起きた紛争以上の混乱が予想される。それこそ、1960年の日米安全保障条約改定に匹敵するような反対運動を覚悟しなければならないとすれば、内閣の一つや二つ、つぶれても不思議ではないはずだ。そうした修羅場に堪えられるようなガバナンスを備えた政権づくりが、いまの日本に可能だろうか。

今後、消費税増税関連法案の採決をめぐって、日本の政治が不安定化するのは避けられないだろう。仮に早期の解散総選挙になっても、既成の政治への批判が強い中、圧倒的な支持を集める政党が出てくるのかどうか、見通しがつかない。

国内に安定した政権基盤がないまま、紛争のタネを呼び込むようなTPPへの参加交渉を進めていくことになる可能性が高いのではなかろうか。

その揚げ句、タイミングを見失い、何も決められないまま、TPPも、日中韓3カ国の

ＦＴＡも進まない「ないない尽くし」の結果に終わってしまうことになるかもしれない。「二兎《にと》を追う者は一兎をも得ず」。ならば、まずは比較的ハードルの低い日中韓３カ国のＦＴＡ締結に限定し、そこに集中すべきではないか。選択と集中が求められている。

（２０１２年６月17日）

（追記）

その後、政権交代による安倍政権の成立とともに、ＴＰＰ交渉は加速化され、日米を中心に本格的な始動が期待された矢先、オバマ政権に代わるトランプ政権はＴＰＰ交渉からの一方的な離脱を宣言。米国抜きのＴＰＰは、加盟国の温度差も露呈し、漂流しつつある。二国間交渉を通じて自国に有利な通商・貿易の条件を設定したい米国の動きを封じ、将来的に米国の再加入の余地を残しておきたい日本側の狙いは、再考を迫られつつある。

他方で、日中韓３カ国のＦＴＡ交渉や東アジア地域包括的経済連携（ＲＣＥＰ）の交渉の主導権は、アジアインフラ投資銀行（ＡＩＩＢ）や「一帯一路」構想などを通じて影響力を拡大しつつある中国に握られつつあり、中国への牽制・封じ込めを主眼にしてきた安倍政権の「地球俯瞰《ふかん》外交」も綻《ほころ》びが目につきつつある。この面での出遅れが否めない安倍外交がそれをどう挽回するのか、それは文在寅《ムンジェイン》新政権誕生後の韓国との連携や中国との関係改善の動きにかかっている。

リーダーの条件

内憂外患に直面し、それを突破できる強いリーダーシップへの期待が膨らんでいるが、強いリーダーを求める時代はいささか危ういと言わざるをえない。それを承知で強いリーダーシップを求めるとすれば、リーダーには最低限二つの重要な条件が備わっていなければならない。

何よりもまずビジョンが不可欠だ。ビジョンとは、未来のあるべき姿を見通す力を指している。その意味でビジョンとは、日本社会のあるべき未来図についての骨太のデザイン力ともいえる。

それは最低でも10年以上のタイムスパンをもった未来の姿を思い描く能力でなければならない。その場合、ビジョンは、単なる幻影やドグマ（独断的な説・意見）であってはならないはずだ。そうならないためには、歴史の潮流をしっかりと見極めることが大切である。

例えば、金大中《キムデジュン》元韓国大統領は、獄中で米国の未来学者アルビン・トフラーの『第三の波』を読み、脱産業化社会における情報革命の重要性に気づいたと言われている。それがきっかけとなり同大統領は韓国をデジタル先進国にするビジョンを描くようになったのである。

小泉政権後の自民党、民主党の歴代のトップリーダーや閣僚、有力政治家たちを見ていて思うのは、数字に強く、具体的な施策に精通した、いわゆる「政策通」のイメージはあっても、骨太のビジョンを語れるリーダーがいないということである。しかし、選挙で選ばれる政治家に有権者が期待しているのは、霞が関の中堅官僚レベルの「政策通」ではないはずだ。

有権者が望んでいるのは、日本の10年、あるいはその先を見通すようなビジョンである。政治家が小粒になったと揶揄されるのは、ビジョンを語るリーダーがいなくなったからではないか。

個々の政策の整合性や予算執行の財政的な裏付け、また政策の費用対効果やその社会的副作用、さらには目先の景気浮揚策や無駄な支出の削減など、確かに政治家が精通しておかなければならない領域は多岐にわたる。だが、それはあくまでも選挙で選ばれたリーダーが、国家最大のブレーントラスト（専門家集団）であり、政策の執行機関である官僚組織をどう活用し、使いこなせるかにかかっている。

その意味で第二に重要なのは、コミュニケーション的権力である。法の執行や警察力、軍事力など、広義の強制力だけが権力ではない。権力には、民主的な手続きを通じて動員される国民共同体のコミュニケーション的権力がある。文字通り、それは公共的な空間で多数者の合意を結集できるコミュニケーションの力を指している。

リーダーは、自らの描くビジョンを実現するために、このコミュニケーション的権力を動員し、国民多数の民主的な合意という正当性を獲得する必要があるのだ。話術が巧みであるとか、見栄えがいいとか、タレント性があるとか、アジテーター（扇動者）としての才能があるとか、確かにこうした素質はコミュニケーション的権力の重要な構成要素かもしれない。

しかし、最も重要なことは、国民の大多数が嫌がるような決定でも、それを拒否する多数者の支持を獲得することでやり遂げるという実行力をもっているかどうかである。

経済成長が鈍化し、少子高齢化が不可逆的に進む中、消費税や相続税、法人税など、直間比率も含めた税率の配分と均衡といった負担の配分が政治の大きな焦点にならざるをえない。その場合、一刀両断的なレトリック（言葉を飾り立てること）や細かな辻褄《つじつま》合わせではなく、社会的な公正や公共善について諄々《じゅんじゅん》と情理を尽くして国民を説得するコミュニケーションの能力が不可欠である。あるべきリーダーにはそのような能力が備わっていなければならないのだ。

先週相次いで告示された民主党の代表選や自民党の総裁選、あるいはそれ以外の政党で誰がリーダーになり、さらに選挙でどの政治家がトップに就くにせよ、ここに述べた二つの条件が必要であることに変わりはない。新しいリーダーをめぐってヒートアップ（盛り上がり）とクールダウン（冷却）を繰り返してきた過去の教訓を汲《く》み取り、冷静な目でリーダーを選ぶべきだ。

（2012年9月16日）

地方再生の鍵を握る、九州と釜山の交流

福岡市主催のシンポジウム「福岡・釜山超広域経済圏の形成による環黄海大都市圏への挑戦」（2012年11月13日）で基調講演を行う機会に恵まれた。領土問題などで日韓関係が冷え込みつつあるにもかかわらず、会場には福岡市と釜山市のスタッフや関係者の熱気があふれ、また九州大学と釜山にある東西大学の学生たちの白熱の討論など、日韓の若い世代を中心としたイベントも目を引いた。

日韓それぞれの国家単位から見れば、国家の主権やその存在理由にかかわる領土問題や歴史問題は、国益を左右する大問題かもしれない。

しかし、ヒトやモノ、情報や資本が日常的に交流し、地政学的にも近接した福岡市や釜山市から見れば、岩礁のような小さな島や過去の歴史をめぐって交流が途絶えることのほうが不自然に違いない。当たり前のことだが、福岡市は、日本という国家の中にあり、釜

山市もまた韓国の一部である。したがって、二つの都市とも、日韓それぞれの国益と密接不可分の関係にある。

それでも、都市や地域には、その地政学的な位置や人口規模、産業や伝統の違いに応じてそれぞれに地益（ローカル・インタレスト）があり、時には国益と地益が対立することもあるはずだ。

従来のような国際関係を主流に据えた見方からすれば、国家こそ、国際関係の主要なアクターであり、国際関係は、国益の拡大をめぐるパワー・ゲームと見なされてきた。実際、領土保全や安全保障、エネルギーなど、国家の存続にとって国益の観念は今でも決定的に重要な意義をもっている。しかし、グローバル化の波は、ヒトやモノ、サービスや情報、ポピュラー・カルチャーの越境的な動きを加速化させ、国家の主権的な管轄権を揺るがしつつある。同時に、国内においては国家主権の一元的な統合が綻び始め、中央と地方との格差が広がり、自治体や地域共同体の「地域化」（ローカリゼーション）に拍車がかかるようになった。グローバル化は、グローカリゼーション（グローバル化＋ローカル化）となって中央と地方の統治構造の変容を迫ろうとしているのである。

他方で、こうした主権国家の内外に起きつつある構造的な変容は、同時に地域が越境的に他の地域と広域的なネットワークを形成する動きを推し進めることになった。グローカリゼーションは、同時に「広域化」（リージョナル化）と連動しているのである。冒頭に紹介した福岡市と釜山市の取り組みは、こうした東アジア、さらにユーラシア（ユーロアジア）大陸に起きつつある地殻変動の一つにほかならない。

このような広域化を促すようになった決定的な要因は、冷戦終結と旧ソビエトの崩壊、アジア通貨危機と中国やインドの台頭、さらに一連の金融危機という地殻変動の連鎖である。ある意味で、１９８０年代中盤から90年代初頭のバブル経済に酔っていた日本は、このような冷戦終結以後の世界的な変化に乗り遅れ、政治的なガバナンスの不安定化とともに、失われた20年を空費してきたことになる。

遅まきながらやっと道州制など、改革に向けた取り組みが始まろうとしているが、福岡市と釜山市の超広域圏形成と、それと連動した九州連合（オール九州）構想は、アジア・ゲートウエイという九州の地政学的な位置づけと絡んで、地方再生の鍵となるかもしれないのだ。

そのためには、九州全体の人口の分布や移動、交通体系やその基盤整備、資源や産業の適切な配置、文化や伝統の保護、大学を中心とする教育システムやその統廃合、中核的な都市圏と地方都市とのネットワーク、州都構想や九州議会の設置、新聞やテレビなどメディアの再編統合など、将来の広域的連合体としてのニュー九州に向けた制度設計が必要である。

自治体関係者、有識者、経済界、メディア関係者、市民などから構成される諮問会議を設立し、3年をめどに中間答申をまとめ、それを内外に公開するなどの具体的な取り組みが必要とされている。

（2012年11月25日）

6カ国協議の枠組みを生かし、北朝鮮対策を

予想されていたこととはいえ、2013年2月12日に行われた北朝鮮による3度目の核実験は、世界に衝撃を与えた。国連決議を踏みにじる無軌道ぶりもさることながら、核開発にかける北朝鮮の並々ならぬ執念に背筋が寒くなる思いをした人々も多かったのではないか。

今回の核実験は核兵器に転用可能な、どの程度の高濃縮ウランによる核分裂だったのか。また北朝鮮は、ミサイルに搭載可能な核弾頭の製造に向けた技術はどの程度の水準にあるのか。まだ判然としているわけではない。

北朝鮮の公式発表を鵜呑《うの》みにして、その能力を過大に見積もってはいけないが、過小評価することも危険である。

ただ、はっきりとしていることは、どうやら北朝鮮が、核による瀬戸際外交を目指して

いるだけでなく、事実上の核保有国としての国際的な認知を求めようとしていることである。

北朝鮮の狙いは、「インドへの道」、つまり核拡散防止条約（NPT）の枠外というインドへの「特例」扱いを、アメリカなどに要求することにあると思われるのだ。

その背景には体制生き残りのための最終的な手段は核しかないという北朝鮮なりの読みがあるのではないか。

それは、かつて日本、米国、韓国、中国、ロシア、北朝鮮の6カ国で合意をみた朝鮮半島エネルギー開発機構（KEDO）の廃止や、核に手を染めなかったイラクの独裁者フセイン大統領や、リビアのカダフィ大佐の悲惨な末路などから学んだ、北朝鮮なりの「学習の成果」なのかもしれない。

しかし、それは、北東アジア地域に核のドミノ現象を生み出しかねない、危険きわまりない選択である。実際、韓国内でも、また、日本国内でも、一部とはいえ、核武装論のハードルが低くなりつつある。核武装をめぐる北東アジア諸国間の疑心暗鬼が高じ、核軍拡競争が激化するようなことになれば、破局的な事態も予想されないわけではない。

それではどうしたらいいのか。さしあたり、国連安全保障理事会による制裁や日米韓を中心とする独自制裁など、北朝鮮に対する強硬措置は避けられないだろう。しかし、それだけで北朝鮮の核開発の放棄がかなえられるとは思えない。少なくとも、中国が北朝鮮へのエネルギーや食料支援を中断するほどの強硬姿勢を見せない限り、決定的に実効的な制裁を期待することは難しい。

では、自衛権の発動による外科手術的な先制攻撃に打って出ればいいのか。しかし、それが第二次朝鮮戦争につながることは必至であり、その犠牲は莫大《ばくだい》なものにならざるをえないはずだ。武力による問題解決は余りにもリスクが大きく、米国といえども、そこに踏み込む余裕はない。そう考えると、残された道は限られている。結論から言えば、6カ国協議に立ち戻ることである。

北朝鮮のボイコットもあり、6カ国協議は長い間、「開店休業」状態が続いている。しかし、6カ国協議という多国間協議の枠組みをより柔軟に解釈し、米朝2国間や日朝2国間、さらに南北間の協議、さらに休戦協定の当事国である米中北の3カ国に韓国を加えた4カ国協議など、さまざまな協議が重層的かつ並行的に展開される枠組みとみなせば、6カ国協議は、核やミサイル、拉致などの問題を解決するよりどころになりうるはずだ。

もちろん、ひととおりの妥協点を見いだすまで、気の遠くなるような時間がかかるかもしれない。

　それでも、6カ国協議の枠組みが存続している限り、制裁と核開発を中止し、信頼醸成のメカニズムを築き上げていく必要がある。もしそれに成功すれば、北東アジア地域に初めて欧州安保協力機構（OSCE）のミニチュア版が誕生することになるかもしれない。それは、東南アジアフォーラムにも匹敵する多国間の包括的な安全保障の枠組みにも発展しうるかもしれないのだ。

　果たしてこのシナリオが実現されるのかどうか、それとも暴力的な「清算」に向かいかねない緊迫した状況が続くのか。あるいはそうした「開戦前夜」のような危機が頂点に達し、一転して6カ国協議の再開へと向かうのか。朝鮮半島から目が離せない。

（2013年2月24日）

政治の要諦は議論の本位を定めること

政治の要諦《ようてい》の一つは、取り組むべき問題の優先順位を定めることである。多事争論の中で議論の本位を定め、国や政府、与党が緊急に取り組むべき案件は何であるのか、これを決定することが政治家の重要な役割と言える。

この点で憲法改正要件の改正をめぐる問題や首相の靖国神社参拝の是非などは、現在の日本が緊急に取り組まなければならない優先的な課題であるのか、はなはだ疑問だ。しかも、それらは国論を二分し、また近隣アジア諸国からの非難を招く、きわめて論争的なテーマである。

今の日本が、そして多くの国民が政府や与党に率先して取り組んでほしいと願っているのは、東日本大震災の被災地の復興であり、安全なエネルギー政策であり、何よりも景気の回復と雇用の安定、地域経済の再生である。この点で財政規律や国債の信用、物価の安定の問題など、いくつかの懸念材料があるとはいえ、(大胆な金融緩和を柱とするデフレ脱却策の)「アベノミクス」の効果は確かに景気を押し上げつつあり、それが安倍政権の高い支持率となって表れていることは間違いない。

しかし、アベノミクスと安倍政権を支持している有権者や国民が、そのまま憲法改正や首相の靖国参拝を支持することになるかと言えば、決してそうとは言えない。なぜなら、それらの論争的なテーマは、国民にとっては優先的な課題として意識されているわけではないからだ。

このような政策的課題の優先順位をめぐる政権と有権者・国民とのズレは、対外的な問題にも顕在化している。例えば、竹島や尖閣諸島をめぐる韓国や中国との領土問題は、国民の耳目《じもく》を属《しょく》する案件である。特に中国のごり押し的な挑発に多くの国民が危機感を募らせているに違いない。その意味で中国の横車に屈しないという安倍政権の対応は、国民の支持を集めている。だが、日本のみならず、北東アジア地域の安全と平和にとって最大の脅威は、北朝鮮の核実験とミサイル開発である。

数年以内に核弾頭搭載可能な中距離ミサイル発射の能力をもつと思われる北朝鮮の脅威は、最も深刻かつ重大な危機をもたらしかねない。なぜなら、北朝鮮の核の脅威は、韓国内のみならず、日本国内の核武装論を勢いづかせ、北東アジア地域に核のドミノ現象をもたらすかもしれないからだ。

もっとも、第二次朝鮮戦争が勃発《ぼっぱつ》するような事態になれば、それは日中韓3カ国に計り知れないダメージを与え、先の大戦を上回る被害を与えることになるかもしれない。とすれば、破局的な事態を避けるためにも、何らかの国際的な協調と連携が不可欠だ。

国民の良識的な部分は、そのような悪夢を回避し、同時に北朝鮮の非核化を成し遂げるためにも、日中韓3カ国が共同で危機に対処してほしいと願っているはずだ。北朝鮮の瀬戸際政策を忌々《いまいま》しいと思いつつも、破局的な事態だけは絶対避けてほしいというのが、大方の国民の願いではないか。小異を捨て大同に就くというのが、外交というものだ。しかし、安倍政権がやっていることは、むしろその逆であり、大同を捨てて小異に就くとしか言いようのない対応を打ち出しているのである。

確かに国の独立や愛国心は重要だ。だが、このタイミングで過去の植民地支配や戦争の評価をめぐって、あえて韓国や中国を挑発しかねない言動を続ける安倍晋三首相の政治・外交的センスには首を傾げざるをえない。ここでは詳しく述べられないが、安倍首相の言動は、突き詰めると「東京裁判史観」なるものへの挑戦と受け止められ、最大の同盟国であり、頼みの綱の米国内からも強い違和感や懸念が表明されているのである。

こうして見れば、現在の安倍政権に必要なのは、何が重要で何がそうでないのか、政治的な懸案に優先順位をつけ、議論の本位を定めることであると言わざるをえない。内政面では、アベノミクスの効果が、所得や家計を潤わせているとは言いがたく、内需の伸びは依然として力強さを欠いており、外政面では北朝鮮の核・ミサイル開発が北東アジアの平和と安全にとって重大な脅威になっている。これらの課題に優先順位を置き、改憲にせよ、歴史観にせよ、内外に混乱や誤解を与えかねない問題にことさら政策的な資源やエネルギーを投下することは差し控えるべきである。

（2013年5月5日）

国家の誇りを失わず、尊敬される外交を

最近、メディアや世論、政治家の発言などで気になるのは、誇り（プライド）という言葉が躍っていることだ。どうして、誇りがそれほどまでに高唱《こうしょう》されるようになったのか。そこに漲《みなぎ》るのは「日本はこんなはずじゃない」という、現状に対する憤りにも似た、強い違和感ではないか。

その背景には、長引くデフレ経済下の景気の低迷と失速、中国や韓国など近隣新興諸国の追い上げ、またそれらの国々との領土をめぐる軋轢《あつれき》、北朝鮮の核やミサイルの脅威、さらに空前の大震災による津波と原発事故など、内外のダメージで傷んだ日本というイメージがあるように思われる。

そして、２００９年の歴史的な政権交代で期待が膨らんだ分、民主党政権の拙劣《せつれつ》なガバナンス（統治管理）への失望も大きく、有権者の支持は再び自民党へとスイングし、国家

のプライド（ナショナル・プライド）を取り戻したいとする安倍政権を押し上げることになった。

実際、安倍政権が掲げるスローガン「日本を取り戻す」は、まさしくそうしたイメージを払拭《ふっしょく》したいという国民の微妙な空気の流れをうまくすくい上げ、アベノミクスへの期待もあって、安倍政権の支持率は発足時から高いレベルを維持している。

そうした国民の高い支持を背景に、安倍政権は、「中国何するものぞ」という、中国に対する強腰外交を展開し、外交でも安倍カラーを出そうと躍起だ。

だが、国家の誇りを掲げる、安倍政権のいわば「プライド（誇り）・アプローチ」には、危うさが伴っているように思えてならない。何よりも、国家のプライドを前面に押し出しても、それが必ずしも、近隣諸国や他の海外の国々からの尊敬（リスペクト）を集めることにはならないからだ。

確かに「プライド・アプローチ」は、国内的には意気消沈し、閉塞感《へいそくかん》に陥った国民の留飲を下げることになるだろう。しかし、それは、長い目で見れば、内向き志向を強め、他の国々から尊敬を集めるどころか、むしろ逆に他国を遠ざけてしまうことになりはしないか。

国内向けの「プライド・アプローチ」よりも、近隣諸国や世界からの尊敬を集めるために「リスペクト・アプローチ」を優先させることで、自国への確固とした信頼を勝ち得た例としては、旧西ドイツの宰相ウィリー・ブラント（1913〜1992）による「東方外交」がある。

戦後ヨーロッパの秩序を決定づけた、いわゆるヤルタ体制の下、ドイツは東西に分断され、しかも、旧ソ連がポーランドの東部地域を自国領とした結果、いわば玉突き状態でポーランドの領土が西にずらされ、オーデル・ナイセ線より東側に居住していたドイツ人は追放され、ドイツは広大な地域をポーランドに割譲されてしまった。それは、ドイツ人にとって屈辱的な領土喪失の歴史であったに違いない。

そうしたいわくのあるポーランドの首都ワルシャワ・ゲットーのユダヤ人墓地の前でひざまずくブラント首相の沈痛な姿は、ドイツ国民にとってはプライドを貶《おとし》める政治的ジェスチャーに見えたはずだ。

しかし、ブラント首相の行動は、結果としては近隣諸国、さらに世界の国々の尊敬をドイツに引き寄せることに成功したのである。後にブラントは「自分の国の過去について批判的にとらえればとらえるほど、周りの国々との友好関係を深めることができる」と語ったという。

そうしたブラント外交の成果は、今も脈々と生き続けており、ヨーロッパ共同体、ひいては世界におけるドイツの盤石の地位は知っての通りだ。

それに対して日本はどうか。東アジアで発言力、影響力を失えば、アメリカにとっても日本の重みが失われてしまうことになりはしないか。それだけでなく「プライド・アプローチ」に対して最大の頼みの綱のアメリカ国内にも、憂慮や警戒の声が上がっているのである。誇りと尊敬の間で「リスペクト・アプローチ」へと傾斜していくことが必要とされている。

（2013年7月7日）

平和と安定を目指す、６カ国協議再開への道のり

２０１３年９月18日、６カ国協議のスタートから10年を迎え、北京では中国外務省の肝いりで国際シンポジウムが開催された。タイトルは、「回顧と展望―６カ国協議10周年」であった。中国はもちろん、北朝鮮とロシアからは６カ国協議の担当責任者が出席したが、日米韓からは格下の事務担当者が列席し、当事国間の温度差を見せつけることになった。北朝鮮の金桂冠《キムゲグアン》第１外務次官は、「前提なしの再開」を訴え、中国の王毅《おうき》外相も６カ国協議の再スタートを促した。しかし、日米韓は冷めた対応に終始し、北朝鮮に結束して強い対応を示した形だ。

ただし、６カ国とも協議を維持し、05年の共同宣言を順守することでは一致している。共同宣言には、北朝鮮が核兵器および核計画を放棄し、核拡散防止条約（ＮＰＴ）および国際原子力機関（ＩＡＥＡ）の監督に服することが謳われ、それに対応して米国が核や通・

常兵力で北朝鮮を攻撃したり、侵攻したりしないことが明記されている。

この条文は、国連安全保障理事会決議に反する北朝鮮の核実験やミサイル発射で度々、反故《ほご》にされてきたが、その背景には米国のブッシュ（ジュニア）政権によるイラク攻撃やアフガン戦争、さらにリビアのカダフィ政権の崩壊に対する北朝鮮の恐怖心があったと思われる。この恐怖心がバネになり、北朝鮮はイラクのフセイン大統領やリビアのカダフィ大佐、タリバンの末路を味わわないように核カードをちらつかせる反撃に出たわけだ。

だが、この北朝鮮の危険な「火遊び」は、日本や韓国に重大な脅威をもたらし、北東アジア全域の平和と安定を脅かしかねない。

米国の専門筋によれば、北朝鮮はすでに自前で核兵器に転用可能なウランの再処理に必要な遠心分離機などを調達できているようであり、核関連部品の輸入制限や禁止といった外部からの監視や制裁で核開発を阻止する手段がますます困難になりつつある。

しかも、ウラン原子力施設は、偵察衛星や査察で突き止めにくく、北朝鮮の核開発の実態はベールに包まれたままだ。ただ、北朝鮮は、長距離ミサイルに核弾頭を搭載するために必要な核弾頭の小型化技術はまだ途上の段階にあるようだが、それも数年以内にマスターすることは時間の問題かもしれない。

こうした事態のエスカレートを最も危惧しているのは、中国である。その中国は、本腰で6カ国協議の再開に動きだし、最近では王毅外相自らワシントンに赴き、ケリー国務長官との会談で6カ国協議再開を強く訴えている。

このような中国の慌ただしい動きの背景に何があるのか。まだ推測の域を出ないが、中朝間でかなり突っ込んだ話し合いがあり、05年の共同宣言の線で米朝間の何らかの妥協点を探ろうとしているのかもしれない。

時あたかも、シリアの化学兵器を管理する国際的な枠組みが形成され、イランが核兵器開発放棄のシグナルを送るなど、中東での多国間協議による平和的な問題解決の糸口が見えつつあることも、6カ国協議の本格的な再開に向けた追い風になっている。

北朝鮮の核保有は絶対に認められない。さりとて、軍事的な解決の選択もありえないとすれば、6カ国協議にもう一度立ち返るしか道はないはずだ。

その道のりは険しく、これからも波乱含みに違いない。しかし、軍事的な選択は、全面衝突になりかねず、その場合、北朝鮮の体制は事実上、消滅するにしても、韓国や日本、場合によっては米国にも耐えられない犠牲を強いることになるかもしれない。とすれば、外交による解決しか残された道はないはずだ。その点でこの多国間協議の枠組みは依然として重要であり、その中で朝鮮半島の非核化が達成されれば、休戦協定に代わる平和協定の締結が可能となり、米朝の正常化と、日朝の正常化による拉致問題の解決が可能となるはずだ。

そうなれば、朝鮮半島の平和メカニズムが構築され、北東アジア地域の多国間安全協力の機構が成立するかもしれない。

こうした国際環境が整えば、北朝鮮は漸進的な民主化に向かうのか、それともルーマニアのチャウシェスク独裁政権のような崩壊の道を選ぶのか、その道筋が見えてくるのではないか。領土問題や歴史問題をめぐる、日韓および日中の間の不毛な対立のエスカレートを抑制し、新たな平和と安定、協力の枠組みをつくる上でも、6カ国協議はその鍵となるに違いない。

（2013年9月29日）

特定秘密保護法「多事争論」なき社会に

特定秘密保護法が成立した。数にものを言わせた連立与党の横暴としか言いようがない。自民党幹事長という、政権を支える党のナンバー2自らはしなくも吐露したように、保護法が網をかぶせようとする領域は余りにも広範で、曖昧だ。法のテロ行為の定義の解釈次第では、自らの主張や信条を通すために他人や国家に強要を迫る行為はテロと見なされかねず、したがって市民や住民が原発の再稼働や基地建設に反対するデモをすれば、テロとして処罰の対象になりかねないのだ。石破茂幹事長は、誤解していたのではなく、法の文言を彼なりに忠実に解釈し、ブログに書き込みをしたと言わざるをえない。

それによれば、国会周辺で特定秘密保護法に反対する市民団体のデモは、「絶叫戦術」による「テロ行為」とほぼ同じだとみなされているのである。

解釈次第で、デモをテロ、あるいはテロまがいの行為と見なせる法律があるとすれば、市民の健全な意見の表明や示威運動は萎縮し、自重や自粛の連鎖が社会に広がり、いつの間にか、「見ざる、聞かざる、言わざる」の社会になっているかもしれない。要するに保護法は、国民がひたすら政府や権力の囲いの中で草を食《は》む羊たちのように従順になることを望んでいるのだ。

多数の従順な羊の群れと、その群れから飛び出した「迷い子」(ストレイ・シープ)や反抗的な少数者を分断し、後者を孤立させれば、政府や官僚、政治家の思うがままに国民を手なずけることができる。法からはこんな隠された狙いが透けて見えてくる。

それにしても、日本のような民主国家で、リベラル・デモクラシーが定着した社会に、全体主義の影すら感じさせるような「悪法」がまかり通るとは……。この感じは、翻って見れば、米国にもあった。

冷戦たけなわの頃、最も進んだ民主主義の国を震え上がらせた赤狩り旋風だ。マッカーシズムは、一時期、デモクラシーの先進国を「見ざる、聞かざる、言わざる」の社会に変えてしまったのである。

確かにマッカーシズムは、米国からはとっくに姿を消した。しかし、あの「9・11」の同時多発テロ以後、米国では、パラノイア的な赤狩り的発想が蘇り、一般市民の携帯電話への盗聴やコンピュータへのハッキングが、連邦政府の情報機関などによって実施されていたことが暴露された。

日本では、そうした赤狩り的な発想は見られない。しかし、オウム真理教による大規模なテロ以来、日本の社会にもそうした発想が伝染しないとも限らない。

「多事争論」が民主主義を支える要諦であることを訴えたのは、福沢諭吉だ。議論の本位を定め、多事争論が普通の市民の間に広がれば、一見、社会は対立や葛藤に悩まされるように見えても、それが社会の活力を生み出し、その中から社会のまとまりと一体感が生まれ、結果としてより国力が強化される。これが福沢の真意だったはずだ。「見ざる、聞かざる、言わざる」の社会は、まさしく停滞し、澱《よど》み、活力を失い、やがて衰微していくに違いない。自由な言論と知る権利、そして潑剌《はつらつ》とした報道の自由がなければ、多事争論など望むべくもない。

保護法は、福沢が最も忌み嫌った官権国家への先祖返りを助長する時代錯誤的な悪法としか言いようがない。この官権国家的な法律の施行を前提に、言論や報道機関、ジャーナリズムはどう対処したらいいのか。

今後は、一人ひとりの言論や報道に携わる者の覚悟が試されるに違いない。しっかりとしたオピニオンと、海外報道の紹介をもっと増やすことで、「見ざる、聞かざる、言わざる」の澱んだ空気を払うべきだ。

（２０１３年12月８日）

日韓関係　いまだ深い満州国の影

最近、「嫌韓論」や「呆《ぼう》韓論」などの言葉が躍る新書や雑誌がやけに目につくようになった。

その一方で、ひと頃の勢いはなくなったとはいえ、韓食や韓流スター、K‐POPなど、大衆文化の分野では韓国のイメージは日本の中に広く浸透しつつある。

実は韓国でも、これと似たようなことが起きているのだ。領土問題や歴史問題で、韓国のメディアや世論は「反日」一色に染まっているように見えるが、それでも「和食」や日本酒のブームは衰えず、ソウルの名だたる書店では日本語の書籍や雑誌が所狭しと並べられ、いくつものコーナーを占めているほどである。

それにしても、日本で韓国のイメージが著しく悪化したのは、韓国が米国などで「反日」活動を繰り広げているという情報が伝えられるようになったからである。その一つとして、日本に報道され、耳目を集めたのは、米国のバージニア州で、公立学校教科書に日本海とともに東海《トンヘ》の併記を求めた韓国系米国人の運動である。東海を併記する法案は、在米日本大使の懸命の働きかけにもかかわらず、韓国系米国人の猛烈なロビー活動もあって議会を通過してしまった。この動きはニューヨーク州などにも波及しそうで、最大の同盟国・米国を舞台にした韓国系米国人や韓国政府の動きに、日本政府も神経を尖《とが》らせ、それが日本の世論にも反映して「嫌韓」感情が募りつつあるようだ。

在日韓国人2世であり、日本海という名称に慣れ親しんで来た私には、正直に言って、日本海との併記を求める韓国系米国人の執念のようなものに強い違和感を抱かざるをえない。

ただ、韓国の国歌である愛国歌《エグッカ》の冒頭、「『東海』が乾き果て、白頭山《ペクトゥサン》が摩り減る時まで……」とうたわれていることを考えると、東海という名称は、韓国国民にとって自らのアイデンティティーそのものにかかわる重要なことに違いない。

しかし、歴史は捻《ねじ》れ、屈折している。愛国歌の原形となった「韓国幻想曲」の作曲家・安益泰《アンイクテ》は、近年、韓国国内の親日人名事典のリストに数えられるようになったからだ。韓国での「親日派」とは、日本の植民地支配に有形無形に協力した「裏切り者」を指しており、この点で戦時期、満州国建国10周年の祝賀曲を作曲したことのある安益泰は、「親日派」に数えられたのである。

東京高等音楽学院でチェロを学び、やがてアジア人でただ一人、リヒャルト・シュトラウスに学んで、欧米で名声を博した安は、スペインのマヨルカ島でその生涯を閉じた。彼は、愛国者というより、流浪のエトランゼ（異邦人）だったのである。その異邦人の曲を愛国歌とし、東海という名称に執念のような愛着を抱き続ける韓国国民。

ただ、その捻れを笑ってばかりはいられない。満州国の影の総理と言われ、戦後、A級戦犯容疑者から米国の後ろ盾で復活した岸信介なしには、日米安全保障条約も、高度成長もありえなかったかもしれないからだ。その意味で、戦後の日本も、満州国の影から自由ではありえないことになる。

そして、岸の刎頸《ふんけい》の友として日韓関係の「正常化」に踏み切り、「漢江《ハンガン》の奇跡」と言われる韓国の経済成長の立役者になったのが、かつて満州国の軍人であった朴正熙《パクチョンヒ》元大統領にほかならない。

「昭和の妖怪」と恐れられた岸信介、独裁者と非難された朴正熙。この二人なくして、現在の日本も韓国も、日韓関係もありえなかったかもしれない。二人がともにあの傀儡《かいらい》国家・満州国で激動の時代を生きたことは単なる偶然なのかどうか。そして、「妖怪」の孫と独裁者の娘とが、日韓それぞれの最高権力者になり、反目し合っているのである。満州国の影は今も深い。

（2014年2月23日）

多国間関係の中で日韓を見つめる

どうしてこんなことになるのか。険悪さを増す日韓関係に、多くの関係者が歯ぎしりしているだろう。友好関係を築くのには血の滲《にじ》むような努力が必要だが、それを壊すのはいとも簡単なのか。強く指弾されるべきは、李明博《イミョンバク》前韓国大統領のこれみよがしのパフォーマンスだ。日韓両国の係争の地である竹島（独島《トクト》）に上陸して気勢を上げ、しかも天皇陛下に言及するぞんざいな発言など、韓国に好意的な日本国民にも冷や水を浴びせた。

その後の安倍晋三政権と朴槿恵《パククネ》政権の誕生以後の、歴史・領土問題での激しい応酬とメディアのヒートアップぶりは知っての通りである。米国内の世論を味方につけようと、日韓の当局者が激しい綱引きを演じるまでに対立はエスカレートした。日韓関係は、日中関係とは異なる、まるで近親憎悪的な反目に転換しつつある。あおりを受け、観光や親善、貿易や商取引までも停滞しがちだ。福岡と釜山の広域経済圏に向けた協力関係への影響も気になる。

ではどうしたらいいのか。大切なのは、日韓両国が2国間関係だけにとらわれず、多国間関係の中で両国を位置づけ直し、協力の余地を探ることだ。領土や歴史をめぐる問題で妥協点が見いだせなくても、東アジアの広域的な地政学的リスクの増大という差し迫った課題の解決に向けて協力を惜しまないことである。

リスクのうち、最も大きな課題は、中国の覇権的な勢力拡大とそれに伴うパワーシフトである。中国の軍事的脅威を抑え込みつつ、中国経済のダイナミズムを自国にどう取り込むか。これは日韓両国の共通の課題であり、アジア・ゲートウエイを目指す九州にとって喫緊の関心事である。

この解決には日韓両国のみならず、日米韓の連携が不可欠で、しかも、東アジアに新冷戦体制的な対立構図を再現しない工夫が必要だ。そのためにも日中関係の改善が緊急課題だが、対中関係で強硬姿勢のみが目立つ安倍政権では、不測の事態が生じないとも限らない。米国も、日中の武力衝突に巻き込まれることを恐れていると思われる。この点で、韓国との信頼関係は、日中関係改善のカードになるはずだ。

中国は、韓国にとって最大の貿易相手国であり、韓国経済を左右するきわめて重要な隣国である。ただ、安全保障の面では、韓国にとって米国が最大の同盟国だ。米中、二大大国の狭間で、韓国が微妙なかじ取りをしつつ、したたかな「親米和中」のバランス外交をやり遂げるためには、韓国にとって日本との良好な関係が欠かせない。

他方、日本にとって韓国との連携は、日米安全保障条約とともに日米韓3カ国の協力を北東アジアの安全保障の要にする日本にとっても、きわめて重要であり、またそれは、対中関係に対する牽制力にもなりうるはずだ。この点で歴史問題などで韓国を中国の側に追いやるような安倍政権の対応は、長期的な戦略を欠いている。むしろ、韓国を取り込んでいくほどのしたたかで、柔軟な外交政策が必要である。

さらに東アジアの最も差し迫ったリスクは、北朝鮮の核とミサイルの脅威である。「北朝鮮リスク」をどうヘッジし、朝鮮半島の非核化と南北の緊張緩和、北東アジアの経済連携を深めていくかは、日韓共通の課題である。この点では、米国も中国もロシアも共通している。クリミア問題で米ロ関係が冷え込んでいるとはいえ、ロシア極東部の開発と直結する朝鮮半島の平和問題では、米ロ両国の協力の余地は見いだせるに違いない。とすれば、北朝鮮の核放棄と南北の緊張緩和につながる6カ国協議の再開に向け、日韓の協力がきわめて重要な意味をもつはずだ。それは間接的に拉致問題の解決にも資する。

このように、日韓の間には、東アジアの多国間交渉の枠組みの中でさまざまな協力関係の余地が残されており、それを広げ、協力と信頼の実績を着実に積み重ねていくことで、領土・歴史問題での妥協の余地も開けてくるに違いない。今こそ、両国は、多国間関係にウエイトを置いた日韓関係の修復に力を注ぐべきである。

（2014年4月20日）

誤った富国強兵が国力を消耗させる

集団的自衛権や集団安全保障にかかわる武力行使の問題で見過ごされているのは、それが国力の消耗につながりかねないという点だ。集団的自衛権の行使にせよ、あるいは集団安全保障上の武力制裁への参戦にせよ、軍事介入が国力の消耗になり、その影響力の低下を招くことは、米国のイラク戦争をみれば一目瞭然である。

2003年のイラク戦争でフセイン独裁体制をたたきつぶしたブッシュ（ジュニア）大統領は、「使命は達成された」と、高々と勝利宣言をした。しかし、その後のイラクは、民主化や安定とはほど遠く、今やイラクは、シーア派のマリキ政権と、スンニ派の過激派勢力「イラク・シリア・イスラム国」、さらにクルド人の三つどもえの内戦で、解体の危機に直面している。のみならず、米国は度重なる軍事介入による財政難とリーマン・ショックに見舞われ、超大国としての威光にかげりが生じつつある。

要するにアフガン戦争、さらにイラク戦争の敗者は米国であり、勝者は台頭著しい中国と言えるかもしれないのだ。米国が中東や中央アジアに足をすくわれている間に、東アジアでは、米国の力が相対的に後退し、その間隙《かんげき》を突くように中国が海洋進出に打って出ることになったからである。

このように考えれば、今更、集団的自衛権や集団安全保障を持ち出して、ことさら「普通の国家」の抑止力や国力の増強を強調することは、半周遅れの頓珍漢《とんちんかん》なふるまいにほかならない。世界最大の軍事力を誇る米国と、その同盟国の英国が、イラク戦争では深手を負い、軍事力による問題の解決どころか、逆に問題をより深刻化させることが明々白々になったにもかかわらず、同じ轍《てつ》を踏もうとしているのである。

もし今後、集団的自衛権の行使容認と、集団安全保障上の海外派兵に道を開けば、日本の国力は、著しく衰えていくことになりかねない。

国際政治のリアリストであったハンス・J・モーゲンソーが指摘しているように、「国家の力は、外交の技術や軍隊の強さにだけでなく、その政治哲学、政治制度、さらに政治政策などが他国に対して魅力をもつかどうかにもかかっている」(『国際政治』岩波文庫)とするならば、日本はすでに平和憲法をもち、それにふさわしい政治制度と政治哲学をずっと保ち続けて来たはずだ。もちろん、こう言ったからといって、成文憲法を金科玉条にせよと言いたいのではない。むしろ、国力を勇ましい軍事力の行使と短絡的に直結させ、他国に対して魅力的な政治哲学や政治制度を邪険に扱うやり方が、国力をより低下させることになりかねないことを憂えているのである。

将来、経済がどんなに上向いても、海外での武力行使や軍事介入に道を開きかねない防衛・安保政策の転換は、結果として日本の国力をそいでしまうことになるだろう。崩壊した旧ソビエトや膨大な軍事費にあえぎつつある米国が示しているように、富国と強兵は共存しえないのであり、国を富ますには、武力や軍事力の行使に極力抑制的な政治哲学や政治制度を備えている必要があるのだ。解釈改憲と海外での武力行使の解禁は、国力消耗への道以外のなにものでもない。

（2014年6月29日）

疎外される移民系若者たちに未来を

中東地域の混乱はいつまで続くのか。特に、イラク、シリアにまたがるイスラム国の台頭は、この地域を混乱に陥れる最大の脅威になりつつある。その脅威が底知れないのは、イスラム国が、テロや過激派のグローバルなネットワークの拠点になっているからだ。報道によれば、イスラム国の戦闘員の国籍は50カ国近くに上り、欧米先進諸国からも若者たちが流れ込んでいるという。その多くは移民系労働者の2世や3世で、英国やフランス社会に根を生やし、国民の一人として遇されるはずなのに、現実には逆に彼らの疎外感は深まるばかりだ。

かつてサルコジ前仏大統領が内務大臣を務めていた頃、移民系労働者の若者たちによる大規模な暴動が起き、フランスを震撼《しんかん》させた。発端は、警察の過剰な取り締まりで追い詰められた10代の移民系労働者の事故死だった。警察が彼らを小突き回したり、いたぶったりすることは日常茶飯事になっていた。やがて若者たちの怒りは、フランス全土に及ぶ数千台近くの自動車の焼き打ちとなって爆発することになった。移民系労働者の若者たちを取材しながら、私の脳裏をかすめたのは、彼らの絶望と憤怒が、将来より暴力的な表現をとって噴出するかもしれないという暗い予感だった。

シテと呼ばれる、パリから電車で1時間以上もかかる郊外の、コンクリートの崩れかかったアパートに住む彼らには未来など、どこにもないように思われた。フランスで生まれ、フランス語しかしゃべれず、宗教的にも特定の宗派に属しているわけでもないにもかかわらず、彼らは異物としてまるでゲットー（強制移住区域）に押し込められたような生活を強いられていた。ずば抜けて高い失業率と差別、貧困と低学歴、そしてつかみどころのないアイデンティティーなど、彼らは「地に呪われた者」のような境遇にあった。

戦後、フランスの黄金の30年を底辺で支えた移民系労働者1世たちの末裔《まつえい》は、グローバルな時代のきらびやかな恩恵にあずかることもなく、死んだように生きていた。

しかも、冷戦終結後のグローバル経済拡大とフランス型福祉国家の変容とともに、彼らを社会の中に包摂していくシステムが機能せず、むしろ逆に彼らを排除するメカニズムだけが強化されてきた。確実に彼らは、治安上の潜在的な脅威として取り締まりのターゲットにされてきたのだ。さらに「9・11」以後のイスラム過激派やテロの脅威とともに、ますます、移民系労働者の若者たちへのまなざしは冷たくなりつつある。

取材で感じたことは、彼らの多くがアラブ主義やイスラム教とはほとんど没交渉であったにもかかわらず、宗教的な対立を理由に彼らを排斥する動きが強まっていたことだ。結果として、逆説的にも一部は、イスラム原理主義に活路を見いだし、さらにイスラム国へと流れているのかもしれない。そして彼らが、再びフランスに帰って来るとすれば、どんな事態が予想されるのか。イスラム国からフランスへのテロの逆流が起きるのではと、当局は戦々恐々としているに違いない。

このシナリオは、決してフランスだけにとどまらず、英国や米国などにも当てはまることだ。ただイスラム国を空爆し、軍事攻撃だけを仕掛けても、イスラム国に赴き、そして疎外される出生国に逆流する若者たちの流れをくい止めることはできないのではないか。彼らを社会の中に包摂していく、柔軟な社会統合と民主的な参加や平等の政治システムが回復されない限り、イスラム国の脅威は続く。

（2014年9月14日）

解散総選挙　いま問われているもの

２０１４年11月17日に内閣府が発表した7～9月期の実質成長率（１次速報）は、内閣のみならず、経済界やエコノミストも凍《い》てつくほどの数字となった。今回の１次速報は、四半期ベースで前期（４～６月）より０・４％減で、年率換算で１・６％の大幅減になったのだ。この予想外の結果にアベノミクスの頼みの綱の株価も大幅に下振れし、１万７０００円を下回る展開となった。日銀の追加の金融緩和による「官製相場」も焼け石に水で、日本経済の収縮、景気後退の局面は避けられない情勢になりつつある。

明らかに異次元の金融緩和と財政出動によるデフレ脱却のシナリオが狂いつつあるのだ。2％の物価上昇を掲げる日銀の大胆な金融緩和も、それと連動した政府の財政出動も、景気の好循環をつくり出す勢いを欠いたままだ。それだけでなく、円安による原材料などの値上げで中小零細企業の経営は悪化し、実質賃金も伸び悩み、内需は冷え込むばかりである。

要するに、アベノミクスは、国民経済の表面を暖めるだけで、むしろその深部を冷え込ませる結果になっているのだ。それもこれも、アベノミクスが第3の矢に掲げた成長戦略がまったく見えてこないからである。というより、そもそも第3の矢など、なかったのではないかと疑わざるをえない。

確かに人口が増え、成長が著しく、インフレで常に物価が上昇していく右肩上がりの経済であれば、景気循環の落ち込みから脱却するための金融緩和は有効かもしれない。しかし、現在の日本は、少子高齢化が進み、消費も飽和状態に達し、有効需要が大幅に伸びる余地などほとんどないと言える。そうした段階にある実体経済の状況を、市場にジャブジャブとお金を流すインフレ目標政策で活性化しようとしても、土台無理な話ではないか。

結局、安倍政権が選んだのは、消費税の税率10％への再引き上げを1年半先送りし、衆議院を解散、総選挙に打って出ることであった。税と社会保障の一体改革を名目とする民主、自民、公明3党による消費増税の合意は反故にされ、700億円前後の国費を使った総選挙が実施されることになる。

だが、今回の成長率の落ち込みが、消費増税停止の「景気条項」が意味する「08年のリーマン・ショック並みの経済危機」かというと、必ずしもそうとは言えない。リーマン・ショック直後の成長率は、年率換算で10％を超えるマイナスが2四半期続いたからだ。とすれば、あえて「景気条項」を盾に消費増税の延期を決定し、その是非を問うために解散総選挙に持ち込むのには、無理があるはずだ。しかも年末の慌ただしい時期の総選挙となれば、消費は落ち込み、投票率も低く抑えられる公算が大きい。となれば無党派層の動きも鈍り、結果として与党に有利な選挙結果になる可能性は大だ。

そうなると、来年に向けて、第3の矢を欠いたまま、第4の矢である「戦後レジームからの脱却」に向けた政策が打ち出されてくることになりはしないか。集団的自衛権にかかわる関連法案や憲法改正のための地ならしなど、安倍首相がこだわる、国民世論を二分するような第4の矢が放たれることになるかもしれないのだ。その時、連立与党を組む公明党はどんな対応をするのか。果たして公明党は、「与党内野党」として一定のブレーキ役を果たせるだろうか。

いずれにしても、今問われているのは、アベノミクスそのものの真価であって、消費増税の先送りの是非ではないはずだ。議論の本位を失ってはならない。

（２０１４年11月23日）

イスラム国に対し日本は何を選択すべきか

冷血とはこのことを言うのか。「イスラム国」による湯川遥菜《ゆかわはるな》さんとジャーナリスト後藤健二《ごとうけんじ》さんへの残忍な仕打ちと、ヨルダンの人質パイロットを焼き殺す映像に、誰もが底知れない恐怖、激しい憤りと悲しみを感じたに違いない。まさしくイスラム国は、「悪」の化身ではないかと思わざるを得ないほどだ。

ただ、映像技術と効果音を巧みに使った動画は、リアリティを欠いたゲーム感覚を醸し出し、どこか既視感にあふれている。ネットに繰り出す動画やメッセージには、世界中でゲーム愛好家が楽しんでいる暴力や戦争ゲームの二番煎じの感覚がつきまとう。フランスの哲学者ジャン・ボードリヤールの言葉を使えば、「模造」(シミュラークル)の感覚に近いものだ。模造とは、本物(オリジナル)と偽物(コピー)とも異なる「イメージ」としか言いようのないものである。

後藤さんたちが着せられたオレンジ色の服も、キューバのグアンタナモ米軍基地の収容所でテロリストの容疑者が着せられていた囚人服を模したものだ。そしてイスラム国の処刑も、ある意味で米国が法的番外地で駆使した拷問や殺人の模造と言えなくもない。さらにカリフ（預言者ムハンマドの後継者）共同体の再建を獅子吼《ししく》するイスラム国そのものが、かつてのイスラム帝国の模造と言えるかもしれない。彼らはある意味、米国をはじめ西側諸国の暴力的な部分の模造であると言えるのではないか。

　にもかかわらず、イスラム国を「悪の枢軸」とみなすことは、彼らに実体的な意味を与え、私たちと完全に断絶した「絶対的な敵」にしてしまうことを意味する。人道に対する罪を犯す絶対的な敵には、法の支配が及ばない。あるのは、徹底的な殲滅《せんめつ》と殺戮《さつりく》だ。

　だが、力によるイスラム国の消滅は可能だろうか。結論から言えば、それは不可能だ。模造である彼らに対する恐怖は、テロとそれに対する報復、そしてテロの連鎖を通じて限りなく増殖し続けるからだ。たとえ私たちの法治国家が、テロの脅威という緊急事態、あるいは例外状態に対応する治安国家へと変貌したとしても、恐怖がより少なくなり、安全な日常生活が取り戻せる保障はどこにもない。

　またそうした国家は、通常の法的手続きや監視を省いた専制的な国家にならざるをえない。緊急事態に備えることが、自由な言論や社会の多様性、活発な世論を萎縮させ、民主主義そのものを窒息させることになりかねないのだ。

ではどうしたらいいのか。まず軍事力など力だけを頼りにした即効的な手段では解決されないと銘記すべきである。ゆえに、いわゆる有志連合による空爆の後方支援も厳に慎むべきだ。後方支援とは、日本がかつての輜重兵《しちょうへい》を買って出ることを意味する。輜重兵がどれほど多くの戦死者を出したかは、戦前の歴史が示す通りだ。今回の場合、その犠牲になる可能性が高いのは、海外の在留邦人であり、日本国内の普通の民間人ではないか。あえてそのリスクを冒す必要もなければ実効性もない。

では何が日本の選択であるべきか。ペシャワール会がアフガニスタンで実施してきたような、生命と大地と水を主題にした大規模な人道・復興支援を政府が率先することである。日本の立ち位置をそこに定めてイスラム国に向き合うしか道はないと確認すべきだ。それは日本が、イラク戦争の失敗に学ばず、さらに力による殲滅へ前のめりになる米国と、はっきり異なる姿勢を取ることを意味する。泥沼の戦闘に消耗を強いられる愚だけは避けなければならない。

（2015年2月15日）

関与政策で健全な日中関係を目指す

株価の高値安定にもかかわらず、景況感は横ばいで、消費意欲も一部の富裕層を除くと旺盛とはいえない。そんな中、福の神となっているのが、春節需要による中国人の「爆買い」である。中国人観光客は増加し、「チャイナ特需」が、日本国内の内需に刺激を与えていることは間違いない。

だが国家レベル、世論の動向から見て、特需が「嫌中」感情の好転に影響しているかというと、必ずしもそうではない。依然、中国脅威論や「嫌中」感情は根強く、国民の意識のひだにへばりついているようだ。

一方で、政府は、二つの重大な選択をした。一つはかなり強引に踏み込んだ選択をし、もう一つは、あえて踏み込む選択をしなかったと言える。

前者が、日米安全保障条約のグローバル展開に道を拓《ひら》きかねない安保法制の大幅な見直しであり、後者が、中国主導のアジアインフラ投資銀行（ＡＩＩＢ）設立メンバーに加わるのをあえて見送ったことだ。

この積極的および消極的な選択は、意図の有無にかかわらず、中国政府には、日本が安保と経済の両面で「中国封じ込め」政策にかじを切ったと映っているのではないか。安倍政権の地球俯瞰外交の戦略的な狙いは、遠巻きに中国の影響力をそぎ、封じ込めることにあったはずだ。しかし、Ｇ７やＧ20の有力国のＡＩＩＢへのドミノ的な参加表明が相次ぎ、むしろ日米の孤立が際立ってしまった。

とはいえ、中国主導の投資銀行は課題山積だ。４兆ドルに及ぶ世界一の外貨準備高を背景に、壮大な陸と海のシルクロード建設をもくろむ中国が、融資基準の透明性や公平性、さらにガバナンス面でどれだけ譲歩するか、不透明感がつきまとうからだ。また領有権や歴史問題などで対立し、中国の覇権的な海洋進出を防遏《ぼうあつ》したい日本にとって、日本中心のアジア開発銀行（ＡＤＢ）に対抗するようなＡＩＩＢに参加する選択は初めからなかったと言える。

だが翻って、果たして中国は、現行の国際秩序と東アジアの地域秩序と安定を根底から覆す「帝国主義政策」を追求しようとしているのだろうか。

今でも国際政治の古典として読み継がれるハンス・J・モーゲンソーは、「互いに恐怖に陥り、この恐怖をやわらげようとして軍備競争に引き込まれると、どちらの側も、最初に仮定した相手の帝国主義を現実の経験的なふるまいにかけることができなくなる。もともと現実への神話的な認識にすぎなかったものが、今や自己充足的予言になってしまう。つまり、相互恐怖から生まれる政策が、最初の仮説が正しかったことを示す経験的証拠であるかのように思われるのである」(『国際政治』岩波文庫)と述べている。日中関係は、こうした危うい段階にさしかかっていると言えるのではないか。

今必要なのは、敵対的な封じ込め政策でもなければ、軍事偏重の安全保障政策でもない。むしろ積極的な「関与政策」を通じて中国の単独行動主義的な傾向を多国間主義の枠組みの中に組み込んでいくことではないか。

とすれば、日本は米国とともにAIIBに参加し、中国の協調的な金融政策を引き出す努力をすべきだ。少なくとも、安全保障では米国に依存しつつも、経済安保では中国と協力する意思があることを発信しなければ、日中関係は相互の不信や対立から生まれる負のスパイラルを駆けのぼり、取り返しのつかない悪循環に陥ってしまうとも限らない。

世界最大の貿易国にのし上がった中国に冷戦時代の封じ込め政策で向き合うことは、時代に逆行した愚策としか言いようがない。

（2015年4月5日）

長江転覆事故に見る「敗亡の発展」の悲しさ

「長江《ちょうこう》転覆事故」は最悪の結末を迎えつつある。これに対して、中国当局は、厳重な報道規制を敷くとともに他方で国営メディアを通じて、連日、救出や遺体の搬出に携わる関係者の英雄的な奮闘ぶりを報道している。

しかし、肝心の犠牲者の遺族は事実上シャットアウトされ、事故の原因や、関係機関の対応の是非はまったく明らかにされないままだ。この事故をめぐって、習近平《しゅうきんぺい》政権がかなりの危機感を持ったことは、李克強《りこくきょう》首相自ら現場に急行し、陣頭指揮を執っていることを見ても明らかだ。

「公共安全」の強化をテーマにした党指導部の政治局会議が開催されて間もなく事故が発生したのであるから、指導部の面目は丸つぶれであり、その分、危機意識も強かったはずだ。しかし、それ以上に当局や指導部を震撼させたのは、「長江転覆事故」が、中国版の

「セウォル号事件」に発展しかねないことだったのではないか。

確かに事故は、既視感にあふれているように見える。いち早く脱出した船長と機関長が拘束され、事情聴取を受けていること。旅客船の改造上の問題やすし詰め状態の過積載が疑われること。さらに事故直後の関係機関の初動対応の問題点など、まだ詳細は明らかではないが、韓国のセウォル号事件と似通っているように思えてならない。今も朴槿恵政権を揺るがすセウォル号事件は、習近平政権にとっては対岸の火事では済まされないはずだ。

だが、それにしても、先進国のはずの韓国や躍進著しい中国で、効率性や利益重視による安全性や人命軽視の事故がなぜ後を絶たないのか。それは、まるで内側が貧弱なのに、外側は華美を誇る姿を思い起こさせる。

そうした俄づくりの「近代」を、夏目漱石はほぼ100年前、小説『それから』の主人公・代助の口を借りて「敗亡の発展」と名付けている。漱石の目には、世界の一等国を任じる日本の帝都・東京の粗悪な見苦しい庶民の住宅は、まさしく「生存競争の記念（かたみ）」と映ったのだ。

韓国や中国で起きていることは、そうした「敗亡の発展」と呼ぶべき悲劇である。だが、それらは、ただ韓国や中国だけに特有なことだろうか。日本もまた「敗亡の発展」と無縁であるとは言えないはずだ。なぜなら、「敗亡の発展」は「道徳の敗退」を伴っているからである。

「今の日本は、神にも人にも信仰のない国柄であるといふ事を発見した。さうして、彼は之を一に日本の経済事情（「敗亡の発展」―引用者）に帰着せしめた」（夏目漱石『それから』）

この主人公・代助のため息まじりの憤りは、心情なき世間の冷たい無関心に向けられている。

「劇烈な生存競争場裏に立つ人で、真によく人の為に泣き得るものに（略）未（いま）だ曾（かつ）て出逢（であ）はなかつた」（夏目漱石『それから』）

この言葉は現在の日本、そして韓国と中国にも当てはまるのではないか。

戦後70年、「敗亡の発展」という点で似た者同士の東アジアの3国が、互いに角突き合わせ、互いの欠点をあげつらう様は、滑稽さを通り越して、悲しみの感すら誘わずにはいられない光景である。

「奥行きを削って、一等国丈の間口を張る」ことに汲々《きゅうきゅう》としてきた東アジアの日中韓3国の70年は、ある意味「敗亡の発展」の70年と言えないことはない。

原発事故とセウォル号事件、さらに「長江転覆事故」は、そうした「敗亡の発展」の悲しい記念（かたみ）なのかもしれない。この70年、日中韓3国は、何を得て、何を失ったのか、謙虚に省みるべきだ。

（2015年6月14日）

安全保障関連法案の参議院審議に物申す

安全保障関連法案（安保法案）をめぐる参議院特別委員会での、緊張感を欠いた審議には失望の連続だ。特に関係閣僚の対応には問題が多すぎる。紋切り型の事務的な用語の羅列や質問の趣意のはぐらかし、さらに枝葉末節《しようまつせつ》な事柄の冗長な答弁など、アリバイ証明のために質疑に応じているとしか思えないほどである。そして首相自らのヤジとおざなりな謝罪など、「この国のかたち」を根底から覆すような法案を審議しているとは到底思えないほど、だらけた印象しか残らないのはどうしたことか。

その理由は、政府、与党の間で参議院での審議は、単なる「消化試合」としてしか位置づけられていないからではないか。政府、与党にとっては、すでに２０１４年の閣議決定で集団的自衛権の行使容認が採択され、そして２０１５年４月に日米安全保障条約（日米安保）の新ガイドラインが両政府の間で取り決められた時から、もう「勝敗」は決定済みで、後はそれを国内法の手続きによってどう合法化するかの問題にすぎないと思われているようだ。

ということは、国権の最高機関である国会での審議は、実質的には「中抜き」され、議会制民主主義がアリバイづくりの「おしゃべりの場」になってしまっていることを意味している。安保法案の内容が、憲法の安定性と連続性、その規範性を損ないかねない重大な問題を含んでいるにもかかわらず、そうした立法過程の「中抜き」によって法律として成立すれば、日本は法治国家と言えるのかどうかさえ、危うくなってしまいかねないはずだ。

なぜ、その内容と手続きに重大な問題を孕《はら》んだ法案を、強行採決も辞さずに押し通そうとするのか。この法案を通さなければならないほど、緊急かつ差し迫った脅威があるからか。確かに中国の海洋への武力進出は目に余る。また相変わらず、核やミサイルによる瀬戸際外交を続ける北朝鮮は差し迫った脅威である。

しかし、そうした日本周辺の安保環境は、急に悪化したわけでもないし、自衛権のみならず、集団的自衛権の行使すらも想定しなければならないほど、対中国、対北朝鮮に対する米国の抑止力が急激に低下しているわけでもない。

それでも万全の備えが必要というなら、回りくどくとも、憲法改正の手続きを経た上で法案の制定を図るべきだ。それが、順逆の理というものではないか。

それでも、どうしても参議院で安保法案の採決を図りたいというなら、与野党を問わず、党議拘束を外し、議員一人ひとりが、良識の府を代表するつもりで、おのおのの良心と見識に従って採決に臨むべきではないか。そうした事例として、安保とは別次元の問題とはいえ、人の生き死ににかかわる法案採択の是非がある。

臓器移植に関する法律の制定である。この場合には、共産党を除いて、党議拘束を外した上での採決が図られた。

戦後70年、「この国のかたち」を根底から変えることになりかねない安保法案の採決には、少なくとも、党議拘束を外した上での採決が望ましいはずだ。それが、この法案に対する多くの国民の実感ではないか。

各種の世論調査でも、6割以上の回答者が反対、もしくは慎重審議を求める安保法案を、参議院でも、衆議院と同じく党議拘束を強めたまま採択するとなったら、それは参院の存在理由そのものの否定になりかねない。参議院は衆議院のカーボンコピーではないことを実証すべきである。

良識の府としての参議院の住人は、時の政府与党の数合わせのためのイエス・マン

（ウーマン）であってはならない。一人の政治家として自らの頭で考え、自らの見識、その政治的信条に立ち戻って安保法案の是非を問うべきである。自己保身だけが判断の基準だとすれば、国民は浮かばれない。

（2015年8月30日）

日米韓と日中韓、それぞれが「連携」と「協力」を

3年半ぶりに日中韓3カ国の首脳会談と日韓首脳会談が実現した。差し当たり対立点はぼかしたまま、共通の利益をより前面に出し、3カ国の共同宣言を採択できたことは一定の前進である。また日韓の間にわだかまる「従軍慰安婦」をめぐる問題についても、「妥結」に向けて交渉を加速させることで合意したことは、事前の予想を上回る成果と言えるかもしれない。ただし、南シナ海をめぐる米中の対立や、「従軍慰安婦」をめぐる「妥結」の具体的な中身など、対立の火種はくすぶったままだ。

それにしても、一衣帯水《いちいたいすい》の、しかも世界経済の20％を占める東アジアの3カ国の間で3年余りにわたって首脳会談すら開かれなかったことは異常だ。その間、「反日」と「嫌中」「嫌韓」の応酬で、国民感情は冷え込んだままである。なぜ、こんな異様な事態になったのか。もちろん、領土問題や歴史問題が大きなトゲとなって日本と中国・韓国との間の離

間を強めていったことは言うまでもない。

だが、そうした過去の問題とナショナリズムにあおられやすい世論との結びつきが3カ国間に緊張を高めることになっただけではない。むしろ現在進行形で進む東アジアの「地殻変動」が新たな「親和力」(牽引と反発の力学)をもたらしたと考えるべきではないか。

冷戦下、日米韓と中朝を隔てていた分断線は、今や、まるで消しゴムで消されていくように曖昧になりつつある。その最たるものが中韓の急速な接近だ。かつて、中国共産党のトップが北朝鮮を差し置いてまずソウルを訪れることなど想像できなかった。また人民解放軍の軍事パレードを天安門から見守った金日成元主席と同じ場所に、韓国の朴槿恵大統領が座ることになると誰が予想しただろうか。

他方、日韓関係は冷え込み、頼みの綱の米国が憂慮するまで関係は悪化した。かつての「日韓癒着」がまるでおとぎ話のように思えるほど、日韓の国家間の距離は遠のいてしまった。

そこには、米国に迫る勢いの中国の台頭と、韓国の「先進国化」という構造的な変化が働いている。中韓貿易は、韓国経済の生命線になりつつあり、また欧州諸国を追うように韓国は中国主導のアジアインフラ投資銀行(AIIB)の創設に加わっている。また近々、中韓の間で自由貿易協定（ＦＴＡ）が発効し、中韓の結びつきはますます質的にも量的にも拡大、深化していくに違いない。

西太平洋上の米国の覇権に挑戦するような中国の海上への膨張を抑え込みつつ、中国経済のメリットを国内経済の賦活に生かしたい米国にとって、日韓離反は由々しい事態である。この地域の米国主導の安全保障体制の要である日韓の反目は、米国の覇権を揺るがしかねず、それが中国につけ入るスキを与えてしまえば、早晩、アジア・太平洋地域での米国のプレゼンスは後退していかざるをえないからだ。

米国は、日韓関係の修復に向けた圧力を両国にかけてきている。また尖閣諸島の領土問題で攻勢をかけ、また日本主導のアジア開発銀行（ＡＤＢ）に挑戦する中国を牽制したい日本にとって、日米安保の同盟深化と日米韓のトライアングルの一辺をなす日韓関係の修復は急務だった。

こうした点に注目すると、強引に防空識別圏や領海を設定し、西太平洋の米国の覇権に挑戦しつつある中国の台頭をめぐって、韓国を取り込む激しいつば迫り合いが演じられていることが見えてくる。それは、かつての大韓帝国の取り込みをめぐる日清露の合従連衡の再現と言えるのかどうか。ただ、中国との全面的な軍事的衝突が非現実的である以上、日米韓3カ国の連携と日中韓3カ国の協力を同時に進めていく「2トラック」戦略が必要なことは間違いない。どちらかだけでは危ういことだけは銘記しておくべきだ。

（2015年11月8日）

米国の積極的な関与が北朝鮮問題解決の糸口に

申《さる》の年は波乱の一年になるのか、世界を驚かせるような事件が続きそうだ。その嚆矢《こうし》となったのは、北朝鮮が「水爆実験」と称している核実験だ。「核大国」を誇示するかのような北朝鮮の暴挙に、世界は驚愕《きょうがく》するとともに、激しい怒りの声が湧き起こった。にもかかわらず、北朝鮮は、国連安全保障理事会による制裁決議や関係諸国の制裁措置の発動を無視するように、4度にわたって核実験を強行し、核能力の精度と技術を高めようとしているのである。

では、なぜこれまでの制裁措置が功を奏さなかったのか。言うまでもなく、中国からエネルギーや食料が流れ、また中朝貿易が非公式の形で脈々と続いているからである。とすれば、北朝鮮に圧倒的な影響力をもつ中国が水も漏らさない制裁に動けば、核開発を断念するのか。

しかし問題なのは、そもそも中国と北朝鮮の関係は、宗主国と従属国のような上下関係にあるのかどうかということだ。金正恩体制の始まりからほどなくして、北京政府の信任も厚い中国型の改革開放路線の主唱者、張成沢《チャンソンテク》があっけなく粛清された。しかも、張成沢は、金正恩の叔父にあたる。この衝撃的な事実から見て、北朝鮮に対する中国の影響力には限界があると見るべきではないか。

北朝鮮を中国の単なる属国や傀儡《かいらい》国家と見るのは誤りだ。両国は、むしろ微妙な間合いと葛藤を孕んだ共生関係と言える。その理由は、北朝鮮の地政学的な重要性にある。ロシアと国境を接し、近代中国の混乱の発火点であった中国東北部と密接につながっている北朝鮮は、中国の安全保障の要に位置しており、台湾問題と同じように、北京政府にとって最もナーバスな内政に直結する課題である。北朝鮮はどんなに厄介な隣国でも、中国にとって死活的に重要な「緩衝地帯」なのだ。

逆に北朝鮮からすれば、かつての中ソ対立と同様に、米中間の不信と対立が強いほど、中国に対する対抗力（バーゲニングパワー）を高められると見ているに違いない。

以上のような複雑な関係を見れば、中国に北朝鮮に対する影響力の行使を迫っても、過去の経過を繰り返すだけだ。何よりもなすべきなのは、米国が北朝鮮問題を事実上、中国に丸投げするような「戦略的忍耐」を転換し、イランの核問題解決と同じような「積極的関与」政策へと舵《かじ》を切り、北朝鮮のこれ以上の核能力向上を封じることである。そのために6カ国協議を再開し、この枠組みの中で米朝や日朝の2国間協議、さらに停戦協定にかかわる米中南北の4カ国協議を同時並行的に展開し、包括的な北朝鮮問題への解決を目指すべきだ。

今回の「水爆実験」をきっかけに韓国では一部とはいえ、核武装論が公然と浮上しつつあり、それは日本の核武装論を刺激し、東アジアに核のドミノ現象が起きないとも限らず、そうなれば悪夢としか言いようがない。

その悪夢を断つために、北朝鮮の核関連施設の外科手術的な奇襲は可能だろうか。一部にはその選択肢をまことしやかに主張する向きもあるが、それが荒唐無稽な想定であることは、1994年の第一次核危機の経過を見れば明らかである。

クリントン政権下、ペリー国防長官の指揮のもと、米軍は北朝鮮の核施設などを破壊する奇襲作戦をたてたが、最悪の場合、軍民合わせて100万の死者、1兆ドルの被害額が予測され、土壇場で作戦を中止せざるをえなかった。この点は、米国のコリアウオッチャーとして定評のあったドン・オーバードーファーの『二つのコリア 国際政治の中の朝鮮半島』が生々しく報告している通りだ。北朝鮮問題解決の方途は、非軍事的・平和的・外交的手段以外にはありえない。

（2016年1月24日）

なぜ若者はテロを選んだのか、そこにある絶望に目を

ベルギー・ブリュッセルでの同時多発テロで世界に衝撃が走っている。日本人も巻き添えになった。過激派組織「イスラム国」が犯行声明を出している。厳戒態勢の中で惨劇は繰り返されたのである。しかも、今回は北大西洋条約機構（NATO）や欧州連合（EU）の本部に近い地下鉄駅で爆発が起きており、テロには欧州統合の象徴的な場所に攻撃を加えようとする意図がうかがえる。

本拠地を移しながら、勢力を伸ばそうとするイスラム国だが、2015年はイラク北部の拠点ティクリートを失い、シリアでもロシアに肩入れされたアサド政府軍に押され気味で勢いは鈍りつつある。だからこそか、空爆を続ける欧州諸国内でのテロはむしろ、より過激になりつつある。

ここで気になるのは、ブリュッセルのような、欧州でも西欧の拠点として自由で開かれ

た国際都市や、自由、平等、博愛を掲げるデモクラシーの祖国のようなフランスの首都パリで、同時多発テロが連続し、しかも実行犯の多くが、ベルギーやフランスで生まれ育った「ホームグロウン（地元出身の）」テロリストであることだ。

報道によれば、2012年以降、ベルギーからシリアに数百人が渡航して、イスラム国などで戦闘訓練などを経験し、多数が再び欧州に戻ったとされる。移民系の若者が多く、銃撃戦や爆弾の取り扱い、テロなどの訓練を施されていると思われる。その上、信じがたいのは、彼らの中に、今回のテロ実行犯のように、自爆を厭《いと》わない「戦士」たちがいることだ。

もちろん、テロの犠牲者の無念やその遺族の悲しみを思えば、彼らの所業は絶対に許しがたい。一分の理さえ認めがたい卑劣な暴挙だ。しかし、テロを未然に防ぐためには、何が彼らをそのような絶望的な狂気の行動へと駆り立てるのか、その背景をしっかりとつかんでおく必要がある。

はっきりとしていることは、彼らは根っからのテロリストではないし、また原理主義的な狂信に染まっていたわけではないということだ。むしろ、彼らの多くは、普通のごくありふれた青年たちだったのではないか。この推測は、私の経験とも一致している。

2005年秋、パリ東部のクリシー＝ス＝ボワ市で起きた暴動を発火点として全国に広がった移民系の若者を中心とする暴動を取材した際、そうした印象を得たからである。同市はフランス語で「バンリュー」と呼ばれるパリの郊外部で、地域の団地は、主に移民系の家族が集住する事実上のスラムであった。一部の壁が剝げ落ちた落書きだらけの団地。周りで唯一のネオンはマクドナルドだった。

正確にはわからないが、若者たちの失業率は、他の地域に住むフランス人の若者よりもはるかに高く、30〜40％に及んでいたと思う。その時、インタビューに答えてくれた若者の言葉が忘れられない。

「僕はこの国に生まれて、フランス語しかしゃべれないし、フランス以外どこに行ったらいいのかわからない。でも、僕たちは周りから嫌われているんだ。僕はどこに行ったらいいの？」

テロリストに同情の余地などない。しかし、テロリストになりかねない若者たちには同情すべきものがあるのではないか。

テロを撲滅することは難しいかもしれないが、少しでもそれを減らすことはできるはずだ。そのためには、空爆や強権的な捜査、自由の制約や監視のシステムの構築に血眼になることよりも、不遇な若者たちの絶望と怒り、憎しみを少しでも和らげ、彼らがまっとうな普通の生活を送れる社会的な条件を整えることが必要だ。

（2016年3月27日）

熊本地震に改めて考える、防災対策改革

２０１６年４月14日午後９時26分、突如、地震が熊本を揺るがした。いや、被災した私の実感から言えば、揺れというよりは、大地を突き上げ、建物を下から蹴り上げるような衝撃が走ったのである。「日奈久《ひなぐ》断層帯」が動いたマグニチュード（Ｍ）６・５の地震だった。

私がいたのは、ライトアップされた熊本城が至近で仰げるホテル10階の一室だった。部屋の壁には斜めに亀裂が走り、倒壊の恐怖が頭をよぎる中、従業員の手際のいい誘導で非常階段を降りて何とか屋外に脱出できた。それでも、断続的に揺れが続き、痺《しび》れるような恐怖感を抱きながらも、実家に身を寄せ、明くる日、都内の大学の講義のため、熊本を離れることになった。

しかし、私の遭遇した地震が「前震」に過ぎず、16日の未明、Ｍ７・３の「本震」が熊

本を襲ったことを知ったのは、その日の朝方だった。日奈久断層帯の北側を走る「布田川《ふたがわ》断層帯」の活動によるものだった。すでに震度1以上の余震が1500回を超えた内陸型地震は、想定外だと思われても仕方がない。

4月の終わり、最も被害の大きかった益城町《ましきまち》を2、3時間かけて巡回した。そこで見た光景は、5年前、福島県相馬市《そうまし》の海岸近くで見た荒涼とした姿を彷彿とさせた。へし折れ、電線が項垂《うなだ》れるようにぶら下がる電信柱の骸骨のような光景。自然の猛威の前に完全に無条件降伏し、項垂れるしかない人間の弱々しさを暗示しているようだった。

夏目漱石の旧制第五高等学校の教え子で、物理学者として地震研究にも携わった寺田寅彦《てらだとらひこ》は自著『天災と国防』の中で「どうかした拍子に檻《おり》を破った猛獣の大群のように、自然があばれ出して高楼《こうろう》を倒壊せしめ堤防を崩壊させて人命を危うくし財産を滅ぼす。その災禍を起こさせたもとの起こりは天然に反抗する人間の細工である」と喝破している。

地震の「運動エネルギーとなるべき位置エネルギーを蓄積させ、いやが上にも災害を大きく」しているのは、実はこの「天然に反抗する人間の細工」にほかならない。とすれば、社会が、物流や情報が緊密に結びつく膨大な相互依存関係のネットワークとなった現在、「天然に反抗する人間の細工」は、逆に天災を想像以上に巨大な人災にしてしまうリスクを抱えている。

外敵や侵略に備え、国の安全と平穏を確保するために、防衛や安全保障が重要であるとすれば、防災や国土の保全には、それと同じ重要性が与えられるべきだ。ならば、防衛費と同じく、防災費が常に計上され、事実上の「常備軍」と言える自衛隊に比肩する「防災隊」の常設が必要になってこざるをえない。

戦争がそうであるように、天災も、社会の強さと弱さを暴き出しているのである。今問われているのは、日本が世界で稀《まれ》に見るほどの「災《わざわい》のくに」であり、防災に防衛と匹敵するほどの優先順位を与え、地域の、社会の、さらに国の仕組みを、それに対応して再編し、強靭《きょうじん》化への備えを怠らないことである。

そのためには、防災費の計上や防災省の新設はもちろんのこと、廃藩置県や戦後の地方自治改革に匹敵する、第三の国土の地方再編が必要だ。

具体的には、九州を一つのユニットとして緩やかに統合し、激甚災害に対応するファンドを設けるとともに、「九州防災局」を創設し、実践的な防災隊を編成、県境を越えた人的・物的支援のネットワークを構築する。国と県の間に、もう一つ、国よりは小さいが、県よりは大きい広域的な自治のユニットを設け、ほとんど不可避的に訪れるに違いない巨大地震に備える。これこそ、日本の、どの地域でも起きるかもしれない震災に対する防災改革の要諦ではないか。

（2016年6月5日）

多国間の枠組みが北朝鮮問題に有効か

在英北朝鮮大使館ナンバー2、太永浩《テヨンホ》公使の韓国への亡命は、南北の諜報員《ちょうほういん》がベルリンを舞台に抗争を繰り広げる韓国映画『ベルリンファイル』（2013年）を彷彿とさせるほど劇的である。00年の第3回アジア欧州会議（ASEM）を契機にドイツとイギリスが、北朝鮮との外交関係の樹立を発表して以来、ベルリンと並んで、ロンドンは北朝鮮にとって欧州戦略の拠点としてきわめて重要な位置を占めていた。その要衝をなすロンドンの在英大使館の実質的な切り盛りをしていた公使の亡命は、北朝鮮首脳部にとっては青天の霹靂《へきれき》であったに違いない。

太永浩公使とその家族が、どんな理由で亡命を決意したのか、韓国政府スポークスマンの発表だけではわからない。しかし子供を英国の大学に通わせたいが、近いうちに本国に帰らなければならず、それが理由で高官が亡命を決断したとすれば、もはや北朝鮮そのものが国家の体をなしていないと言っていいかもしれない。

確かに、過去に黄長燁《ファンジャンヨプ》のように、北朝鮮という国家を支える主体《チュチェ》思想の理論的なイデオローグであった人物の亡命騒ぎもあった。しかし、今回のように北朝鮮の支配秩序を支える行政幹部で、しかも高級幹部である人物の亡命は珍しいと言える。北朝鮮のように、血の原理によるカリスマ的な権力の世襲が続く、特異な政治体制を支えているのは、実は、太永浩公使のような行政幹部である。

その幹部が、亡命という形で、しかも第三国ではなく、敵対している韓国に亡命するとなると、体制の動揺は避けられない。きっかけがあれば、誰もが海外逃亡を図るのかもしれないという疑心暗鬼が国内に広がれば、北朝鮮の国家体制は、静かに、しかし確実にその内部から緩んでいかざるをえない。もちろん、一気に体制の動揺が進み、崩壊といったことが起こるわけではない。しかし、北朝鮮が体制として危険水域に近づきつつある兆候が見えはじめていることだけは確認しておくべきだ。

にもかかわらず、現状ではそれに備える国際的な枠組みや備えはほとんどないまま、東アジアでは南シナ海、および東シナ海における中国の海洋進出と、それに伴う地政学的な角逐《かくちく》だけが突出しているようにみえる。だが、中国の大国主義的な権力政治は、東アジアの安定と平和にとって由々しい事態であるにしても、それに対する対抗措置は、長期的な戦略を必要とする課題である。むしろ地政学的なリスクとして焦眉《しょうび》の課題となるのは、朝鮮半島の北側に、混乱と動揺、あるいは地政学的な空白が生じ、それが東アジアの地政学的なバランスを瓦解《がかい》させる可能性である。

欧州には、東西のブロックが参加する欧州安全保障協力機構（ＯＳＣＥ）という包括的な安全保障ネットワークがある。

しかし、東アジアは違う。北朝鮮と米国（韓国）の間には、休戦協定があるだけの国交すら樹立されない敵対関係が続いており、南北の対立はエスカレートするばかりであり、さらに北朝鮮の核やミサイルの実験、開発には歯止めがかからない状態である。

このように包括的な安全保障ネットワークもないまま、北朝鮮内部に混乱や崩壊の兆しが明らかになった場合、その地政学的な激変は計り知れず、まったく予想しがたい事態が訪れるかもしれないのだ。こうした激変に備えるためにも、日本、韓国、米国、中国、ロシアを含んだ関係諸国間の連携が必要であり、その多国間の枠組みの中に北朝鮮を組み入れていく外交的な試みが今ほど必要な時はないはずだ。

（２０１６年８月21日）

〝バルカン政治家〟ドゥテルテ大統領にどう備えるか

度重なる暴言に、殺人も厭わない麻薬取り締まりにと欧米諸国から鼻つまみ者と見なされているフィリピンのドゥテルテ大統領。その異端児的な大統領に、アジアの大国中国と日本が翻弄され気味だ。

訪問先の中国では、南シナ海での中国の権利主張を否定する仲裁判決の事実上の棚上げを示唆して中国寄りの外交姿勢を明らかにした。他方、中国の海洋進出阻止を最大の戦略的課題とする安倍政権の思惑を見透かしたように親日外交を演出するドゥテルテ大統領。日本側が日比共同声明で海洋安全保障や南シナ海での連携を謳っても、ドゥテルテ大統領の真意がどこにあるのか、いまいち明らかでないもどかしさは否めない。

粗暴なポピュリスト政治家のイメージにもかかわらず、フィリピンのような小国の大統領が大国を手玉にとるような二股外交が可能なのも、東アジアでの覇権をめぐって大国間の抗争が激化しつつあるからだ。抗争の間を巧みに遊泳し、めまぐるしく変わる敵味方の状況に臨機応変に対応する。ある意味で、ドゥテルテ大統領は、そうした〝バルカン政治家〟の典型ではないか。

バルカン半島のような半島の地形にさまざまな国家や文化が競い合う地政学的環境の中で、同盟や敵対など激しく変わる「友―敵」関係に素早く対応しつつ、八面六臂《はちめんろっぴ》の駆け引きも厭わない手練《てだれ》の政治家。それがバルカン政治家だ。おそらくドゥテルテ大統領は、南シナ海をはじめとする東アジアの海をバルカン半島に見立て、したたかな国益の計算の上に、中国や米国、さらに日本との間の敵対と同盟の覇権競争の隙間を巧みに泳ごうとしているようだ。

こうしたフィリピンの二股外交に、安倍政権は基本的な戦略の練り直しを迫られるかもしれない。大陸に向かっては日米韓の3カ国同盟、海に向かっては日米比の3カ国同盟。この二つの同盟によって中国包囲網を縮め、中国の覇権追求の膨張を抑え込む。これが、安倍政権の地球俯瞰外交・安全保障の狙いだとすると、その一角（フィリピン）が必ずしも定かではないからだ。

しかも、中国封じ込めの最前線に立ち、野党の反対を押し切って高高度防衛ミサイル

（THAAD）配備を決断した朴槿恵政権が、決定的な失政でほとんどレームダックに陥りつつある中、日米韓3カ国の連携も不安定になりつつある。そしてドゥテルテ大統領が、反米では一貫しており、その点だけはブレてはいないのであるから、中国の海洋進出を封じ込めるための日米比3カ国の協力も不安定になりかねないのだ。

もちろんその分、米国とフィリピンの間を取り持つ日本のプレゼンスは、より大きくなってくるかもしれない。しかし、人権問題に積極的に介入しがちなヒラリー候補が米大統領に選ばれれば、フィリピン国内の人権侵害に目をつぶりがちな日本の対応との違いが鮮明になり、日米関係もたつくかもしれない。さらに、ロシアのプーチン大統領の訪日と蜜月関係がアピールされることになれば、シリアやウクライナ問題でロシアへの敵愾《てきがい》心を露《あら》わにしているヒラリー新大統領のもとでは日米同盟にすきま風が吹くこともありえる。

バルカン政治家への対応を誤れば、日本の対中戦略にも大きな影響が出てくるかもしれない。さらに、フィリピンの二股外交の成果に関心を寄せているに違いない東南アジア諸国の動向を考えれば、日比関係の成否は、日比2国間にとどまらず、東南アジア諸国にまで広がる重大な問題であり、日本外交の真価が問われているのである。

（2016年10月30日）

ポピュリズムのうねりは何をもたらすのか

「一匹の妖怪がヨーロッパを徘徊《はいかい》している。共産主義という妖怪が」マルクス、エンゲルスの「共産党宣言」（1848年）のあまりにも有名な書き出しである。それから1世紀半以上がたち、今やポピュリズムという名の妖怪が、欧米諸国を徘徊しそうな雲行きである。そのポピュリズムの不気味な拡大は、反EUのうねりとなって、世界に暗い影を投じつつある。

ポピュリズムの典型として挙げられるのが、アルゼンチンの「ペロニスタ（ペロンの支持者たち）」だ。軍人上がりの独裁的大統領フアン・ペロンは、外国資本の排除や民族資本の育成など、いわば「アルゼンチン・ファースト」の政策を推し進め、国民の喝采を浴びることになる。

「アメリカ・ファースト」を獅子吼する米国のトランプ次期大統領の言動を見ていると、

ペロンのポピュリスト的な手法が頭をよぎる。しかし、ペロニスタ的なポピュリズムは、せいぜいアルゼンチンのような中進国《ちゅうしんこく》でこそ勢力を勝ち得た現象だ。それが世界の超大国、しかも戦後の自由貿易体制の守護者とも言える米国で中枢に躍り出たのである。まさか、という思いが世界を駆け巡ったに違いない。

次期大統領のツイッターでのつぶやき一つで、世界の名だたる企業が米国への投資や生産拠点の配置を申し出る異常さ。まるで大統領への、米国への忠誠競争の様相すら呈しつつある。しかし、つぶやきの内容の真偽はほとんど問われない。デマの類の内容が発信されても、それが米国民の雇用の拡大や貿易赤字削減につながれば、すべてOKと見なされかねないのだ。この異常さを可能にしているものは何か。そこにこそ、ポピュリズムが跋《ばっ》扈《こ》する最大のポイントがあるように思える。

オックスフォード英語辞典は、2016年の「今年の単語」として「post-truth（ポスト・トゥルース）」を選んだが、まさしく「脱真実」こそポピュリズムを読み解くキーワードである。

不都合な真実や痛い現実から目を背け、ひたすら自分たちの感情や主観的な思い込みにフィットする情報や知識だけを受け入れ、自尊心をくすぐる言動に熱狂する。そうした熱狂を煽《あお》るリーダーに従い、不都合な事実や客観的な情報をもたらすメディアや知識人には敵意をむき出しにする。こうしたデマゴーグ的なリーダーへの被虐的な従属と、不都合な現実と見なされる人々への加虐的な敵意とがコインの両面となって、現代のポピュリズムを支えているのである。

このような現代のポピュリズムが、さまざまなグラデーションを描きながら、米国のみならず、欧州にも拡散しつつあるのだ。由々しいのは、「脱真実」は同時に「ポスト・デモクラシー（脱民主主義）」と平仄《ひょうそく》を合わせて進行しつつあることだ。民主主義がおざなりになり、選挙も見せ物的なゲームとなって、議会での討論も形骸化し、執行権力の専制的な支配が強化されていく事態。それが脱民主主義にほかならない。

日本も含めて、先進民主主義諸国で進みつつある「脱真実」と「脱民主主義」へのブレを少しでも矯正し、リベラルな平衡感覚を取り戻すためにはどうしたらいいのか。その成否は、何よりもメディア、とりわけ新聞のようなジャーナリズムの役割に負うところが大きいのは間違いない。

ポピュリズムの熱狂が冷め、それが幻滅に変わり、さらに過激な熱狂を求める動きがうねりとなれば、その時、何が出現することになるか。より暴力的な主張も厭わない団体や政党が支持を集める事態になれば、自由な民主主義そのものが敗北を余儀なくされるに違いない。歴史的に見れば、ナチスの台頭によって葬り去られたドイツ・ワイマール体制がその典型だ。

そうならないためにも、メディアの「トゥルース（真実）」と「デモクラシー（民主主義）」に徹した役割が望まれる。

（2017年1月15日）

森友学園問題が政局変動の火種になるか

大阪市の学校法人「森友学園」問題をめぐる疑惑は深まるばかりだ。学園の籠池泰典《かごいけやすのり》氏の証人喚問で、火の粉は振り払われると思った政府、与党にとって、籠池氏の独壇場のような発言は誤算だったに違いない。矢面に立たされた安倍晋三首相の妻・昭恵夫人と学園との尋常ではない深い関係を示唆する証言に狼狽《うろた》えたのか、発言の信ぴょう性を突き崩すことに躍起だ。

政府は、昭恵夫人のメールや昭恵夫人付きの政府職員のファクスなどを公開し、火消しを図ろうとしているが、逆にそれが火に油を注ぎかねない結果になっている。特に、内閣総理大臣夫人付きの肩書を持つ職員が、籠池氏に送ったファクスには、国有地契約に絡んで職員による財務省への問い合わせと、それに対する回答、さらに籠池氏への協力が示唆されており、昭恵夫人と籠池氏の深い接点が浮き彫りにされている。ファクスは職員個人の私信にすぎないと主張しているが、内閣総理大臣夫人付きの肩書を持つ職員が、個人的な一存で一学園の請託《せいたく》を財務省に取り継ぐものなのかどうか。

国会での籠池氏の発言には、首をかしげざるをえない点がある。しかし、偽証罪に問われる可能性のある発言と、証人喚問の埒外《らちがい》に置かれたメールやファクスの公開とを同列に置くことはできない。

この問題は当初、ボヤにもならないほどの小さな火種として扱われていた。しかし、それがボヤから安倍政権そのものを炎上させかねない勢いとなったのは、鴻池祥肇《こうのいけよしただ》元防災担当大臣の「爆弾発言」がきっかけだった。籠池氏側から国有地払い下げで請託を受けたが、突っ返したという鴻池発言で、国有地の払い下げに政治家への働きかけがあったのではないかという疑惑が一挙に広がったのである。麻生太郎副総理と盟友関係にある鴻池氏が疑惑を蒸し返すような発言をなぜしたのか、今もってその真意は明らかではない。

払い下げに政治家の介入や財務省担当者の忖度《そんたく》があったのか。特異としか言いようのない教育理念と方針を掲げる小学校の設置について、大阪府の私学審議会が相次ぐ委員の懸念をよそに「認可適当」の判断を下したのはなぜか。疑念は残ったままだ。さらに国有地の売却交渉にかかわる公文書が早々と廃棄されたのはどうしてか。小学校設置の認可申請は適切に審議されたのか。こうした点も解明が急がれる。

現状では、安倍政権の支持率にさほどの影響は与えていないようだ。火の粉が政権に及ばない前に、籠池氏の偽証罪による告発で一件落着の可能性もないわけではない。

歴史を遡れば、薩摩閥の北海道開拓使長官、黒田《くろだ》清隆《きよたか》による同郷の政商、五代《ごだい》友厚《ともあつ》への破格での官有物払い下げに端を発する明治14年の政変が示しているように、国有地や官有物をめぐる不透明な払い下げ問題が、政治スキャンダルに発展し、政局の大きな変動をもたらすことも稀ではない。

もしそうなれば、事態の深刻さに違いはあれ、日本もまた、韓国と同じように、大きな政治変動に見舞われるかもしれない。さらに、連邦捜査局（ＦＢＩ）がトランプ政権とロシアとのコネクションを捜査中と異例の発表に及んだ米国でも、その捜査結果次第では、ニクソン政権下のウォーターゲート事件を上回るような政治スキャンダルにならないとも限らない。

北朝鮮の脅威や中国の海洋進出が東アジアの安全保障を揺るがす中、日米韓３カ国の連携と積極的な外交力の結束が必要とされているにもかかわらず、この３カ国がそれぞれの国内事情で不安定になり、政局の変動を迎えようとしていることは皮肉としか言いようがない。

（2017年4月2日）

（追記）

その後、「森友学園」問題に追い打ちをかけるように、今度は「加計《かけ》学園問題」（岡山市）が浮上し、内閣のトップへの「忖度」を記した文科省内の記録文書が話題になっている。まるで同時進行のように、米国ではトランプ大統領によるＦＢＩ長官の突然の解任と司法妨害疑惑が急浮上し、与党・共和党の一部にも、大統領弾劾に賛意を示す議員も出る始末だ。韓国に始まった、政権トップのスキャンダルによる退陣劇は、日米でも形を変えて再現されるのであろうか。

おわりに　人間的な洞察力を鍛える

社会を見失い二律背反に陥っていた学生時代

本書の第1章と第2章に収録された小論は、それぞれ新聞に掲載された経緯を見ると、前者は生活面、後者は論壇に振り分けられています。でも、よくよく考えてみると、そうした括り方やジャンルの分け方に私はずっと違和感を持ち続けてきたのです。その感覚をずっと遡ると、1970年代初めの学生の頃にたどり着きます。

当時、私は大学の中の小さなサークルで、韓国の民主化などについて、私と同じような境遇の仲間たちと、連日、侃侃諤諤《けんけんがくがく》の論議を交わし、時には韓国大使館にまでデモをかける「政治付いた」青臭い学生でした。

68年、若者たちの叛乱《はんらん》の季節が終わり、連合赤軍事件や三島由紀夫の割腹自殺、他方では大阪万博の華々しいイベントなど、日本列島は暗と明の鮮やかな交錯の中にありました。

消費と「ミーイズム」が広がりを見せ、学園のレジャーランド化の兆候も表れつつありました。消費とミーイズムという名の自分主義によって自己実現を図ること、それが幸せの方程式になりつつあったのです。その日本の現状は、政治一色に染められ、若者の抵抗が社会を突き動かしていた韓国とは余りにも際立ったコントラストをなしていました。

そうした日本と韓国の狭間で、私や私の仲間たちの身体はミーイズム的な日本の消費社会にどっぷりと浸かりながら、首から上は疾風怒濤の韓国に向けられていたのです。その二律背反をどう生きたらいいのか、途方に暮れていた時、無二の親友が時おり口ずさんでいたのが、井上陽水の「傘がない」でした。

都会では自殺する若者が増えている
今朝来た新聞の片隅に書いていた
だけども問題は今日の雨　傘がない

行かなくちゃ君に逢いに行かなくちゃ
（中略）……

テレビでは我が国の将来の問題を
誰かが深刻な顔をしてしゃべってる
だけども問題は今日の雨　傘がない
（中略）……
君の事以外は何も見えなくなる
それはいい事だろう？

時おり、斜に構えた姿勢で紫煙をくゆらせながら、この「傘がない」を口ずさんでいた親友の顔には、父の国（韓国）と母の国（日本）との間で揺らぎ続けていた心情がにじみ出ていました。第1章の「私がクルマ好きになった理由」（59ページ〜）に書いたクルマの免許取得を勧めてくれた友人とは、彼のことです。

60年代の高度成長期に生まれた「新人類」から神々の一人と崇《あが》められた井上陽水も間もなく70歳になり、現在の若者にはなじみが薄いかもしれません。72年にリリースされた「傘がない」の歌詞には、小さな個の世界や私的な些事など歯牙にもかけないような「政治過多」の世界に対する強い不信感が表現されています。と同時に自分の好みや都合で社会を切り取り、視野狭窄《しやきょうさく》の中で「自己実現」がかなえられれば、世界はどうなってもいいという閉塞感への違和感が語られているのです。

「君の事以外は何も見えなくなる　それはいい事だろう?」、この疑問とも反語ともつかない表白には、社会を見失い、自分以外には、あるいは自分の愛着のあるもの以外には目を向けることのないミーイズムのなれの果てへの微かな抗議のニュアンスすら感じ取ることができます。

仰々しいスローガンや政治家のお題目は嘘っぽい、でも自分の世界に逃げ込むだけでいいんだろうか、「傘がない」、社会が見つからないなんてやりきれない、そんな僕は今はただ君に逢うために雨の中を走るだけだ。あらまし、こんな心象風景を井上陽水は歌おうとしたのではないでしょうか。

社会という「傘」を通して世界へとつながる

「傘」という社会が見つからない、その苛立ちと嘆きとは裏腹に、70年代の終わりには、「自己実現」をキーワードに「心」や「人間性」を個人の中に求めていくトレンドが勢いを増すようになりました。消費の多様化や個性化がキャッチーなコピーとともに登場し、小衆論や分衆論が論壇やマーケティングの世界で注目を集めるようになるのです。ミーイズムとしての自分主義が社会に定着し、社会という「傘」を通じて、大文字の歴史や時代へとつながっていく回路はますます閉塞していくことになったと言えるでしょう。

そしてやがて90年代の後半以降、バブル経済の崩壊とともに、低成長による富の伸び悩みと格差の増大、再配分のメカニズムが機能不全に陥るとともに、既得権の自己防衛が声高に叫ばれ、社会の「フリーライダー」（ただのり）と見なされる個人や集団への風当たりが強くなっていったように思えます。

こうした「抑圧移譲」のような日常の光景を、作家の中村文則氏は、正社員が特権階級のように非正規の社会を罵り、その正社員が逆に特権階級のように振る舞う客から罵倒され、さらにその正社員が別の店で客となって店員を罵る光景を描いています（『朝日新聞』2016年1月8日朝刊）。自らも就職超氷河期に大学を卒業し、フリーターやバイトで糊口を凌いだ経験のある中村氏のエピソードには妙なリアリティがあります。少なくともそうした日常の光景がありふれているというリアリティを多くの人々が持つようになったのではないでしょうか。そして、彼らに共通していたのは、強い国家を求め、強い国家に少しでも異を唱える声を煙たがる空気だったという中村氏の指摘は、人と人とのつながりを見失った「自己実現症候群」の危うさを物語ってはいないでしょうか。

もっとも、ＮＨＫ放送文化研究所が行っている「日本人の意識調査」を1冊にまとめた『現代日本人の意識構造』（15年、ＮＨＫ出版）を読む限り、データの上では08年から15年の5年間に生活全体の満足度はむしろ上昇していることになっています。しかし、その満足感は、将来の生活の向上や希望が望めないからこそ、暗い見通しの未来よりは現在のほうがマシだという、消極的な肯定感によって支えられているのです。それは、「希望のない未来」に比べれば、「今の生活はまあまあ」という感覚なのでしょう。

それでも、人と人とのつながり、つまり社会性の場を見失った「自己実現症候群」の危うさは依然として社会に暗い影を投じたままです。本書に収められた小論を通じて私が語りたかったことは、失われつつある社会という傘をあらためて貼り合わせることでした。傘がなければ、あるいはそれが破れていては、私たちは雨に濡れてしまいます。雨に濡れるとは、社会的な救済がないまま、個人が自分に降りかかる不幸や災難を払いのけなければならなくなることを意味しています。小さな世界と大きな世界との間には、それをつなぐ社会という傘が開いていなければならないのです。「見抜く力」とは、とどのつまり、そうした社会という傘についての人間的な洞察力を指しているのです。

第1章は、毎日新聞に連載された「こころの情景」（2015年4月～2016年3月）をもとに、新しく書き下ろしを付け加えたものです。連載に当たって毎日新聞の山崎友記子さんにはお世話になりました。

第2章については、西日本新聞の「提論」（2011年3月～2017年4月）に掲載された内容を加筆修正したものです。私が最も信頼するブロック紙の一つである西日本新聞の論壇紙面に長期にわたって連載のスペースを与えてくださり、本書への収録を快く承諾してくださった「提論」編集部、さらに西日本新聞に感謝の意を表したいと思います。

また、本書が日の目を見るまで原稿の一つ一つを精査し、惜しみない助言を与えてくれた毎日新聞出版の峯晴子さんに感謝の意を表します。

2017年7月3日

姜尚中

著者紹介

姜尚中（かんさんじゅん）
1950年、熊本県熊本市に生まれる。早稲田大学大学院政治学研究科博士課程修了。国際基督教大学准教授、東京大学大学院情報学環・学際情報学府教授、聖学院大学学長などを経て、現在東京大学名誉教授・熊本県立劇場館長兼理事長。専攻は政治学、政治思想史。テレビ・新聞・雑誌などで幅広く活躍。100万部超の『悩む力』（集英社新書）など著書多数。

見抜《みぬ》く力《ちから》

印刷　2017年7月20日
発行　2017年8月5日

著者　姜尚中《かんさんじゅん》
発行人　黒川昭良
発行所　毎日新聞出版
〒102-0074 東京都千代田区九段南1-6-17
千代田会館5階
営業本部 03(6265)6941
図書第二編集部 03(6265)6746

印刷　三松堂
製本　大口製本

©Kang Sang-jung 2017, Printed in Japan ISBN978-4-620-32455-5
JASRAC 出 1707625-701
乱丁・落丁はお取り替えします。
本書のコピー、スキャン、デジタル化等の無断複製は著作権法上での例外を除き禁じられています。